KB218875

혐오 가능한 인종

INDEX
목차

Part 3
· · · · · · · · · Poetry x Criticism

Off the Record Book
· · · · · · · · · · · Behind Story

Part 1.

Poetry x Interview

　　1부는 한 편의 시와 네 편의 인터뷰로 구성되어 있다. 수록된 인터뷰는 김승일, 이원석, 배시은, 고명재 시인에게 특정 신체 부위의 이름으로 인터뷰를 요청한 결과물이다. 인간이 아닌 신체 부위의 이야기를 듣고, 전체와 부분이라는 개념을 어떻게 생각하는지 물었다. 1부에서는 추측의 재미를 위해 어떤 시인이 어떤 신체 부위를 맡았는지 밝히지 않았다. 다만 해당 시인의 이야기가 궁금해 더 알아보고 싶은 독자를 위해 책을 다 읽었을 때는 시인과 신체 부위를 연결시킬 수 있도록 구성했다. 부록으로 실린 오프 더 레코드에서는 본문에서 미처 다 이야기하지 못한 비하인드 스토리를 확인할 수 있다.

시

백
은
선

백은선은 실제적으로 존재하지 않는다

마법의 영역

마법사들은 파란 땅에 모여 살았다

아주 사소한 마법이라도 괜찮다 머리카락이 빨리 자라는 마법, 1초의 미래를 보는 마법, 단 한 송이의 눈을 내리게 하는 마법

파란 땅에서는 온갖 파란 것들이 자랐다

파란 장미 파란 쌀 파란 복숭아 파란 버섯들 당연히 모든 요리는 파랬다 마법사들은 파랑을 신성한 색으로 때론 가장 친근한 색으로 여겼다

마법사들의 공동체에는 학교가 없었다

이미 주어진 것만 잘 해도 되었다 어린 아이들은 둘러 앉아 각자의 마법을 연마하며 낮을 보내고 밤이면 어른들이 돌아가며 이야기를 들려주었다

용과 싸운 이야기(이빨이 얼마나 뾰족했는지!)

파란 땅의 바깥에서 반투명한 새를 만난 이야기

(깃털이 얼마나 반짝였는지!)
　　처음 실전 마법을 부렸을 때 실수한 이야기(빗자루가 부러지고 지팡이는 땅에 떨어졌단다)

　　마법사들은 필요한 모든 것을 갖고 있었다
　　머리를 누일 베개, 음식을 입으로 가져갈 포크,
스스로를 표현할 멋진 언어(멀리서 들으면 유리구슬이 부딪히는 소리처럼 들렸다)
　　소란이 시작된 건 한 소녀의 방문으로부터였다
　　저는 감정과 반대로 표정을 지을 줄 알아요
　　이것도 마법인지 알고 싶어요

　　어른들은 더 이상 아이들에게 이야기를 들려주지 않았고 격렬한 토론으로 밤을 지새웠다
　　그 동안 아이들은 서로를 깨물며 시간을 때웠다
　　아이들이 파랗게 멍드는 동안
　　파란색에 대한 인식이 뒤바뀌는 동안

　　어른들은 소녀를 새장에 가두고 고통을 주었다
　　처음에는 막대기로 찌르거나 굶기는 정도였다
　　아직도 웃고 있어? 즐거워해?
　　멀리까지 볼 수 있는 마법사에게 사람들은 물었다

마법사는 수정 구슬에 소녀의 얼굴을 띄웠다

맑은 눈에 기쁨이 가득해서
혼란이 가중되었다
더 많은 고통
더 많은 고통
(돌팔매질, 뜨거운 기름 끼얹기, 칼로 베기, 입에
담을 수 없는 나쁜 말들)

아이들이 온통 파래진 다음 모든 일이 멈추었다
아이들은 마법을 서로에게 시험하기 시작했고 사
소한 마법을 부리는 아이들은 무시당했다 너 따윈
마법사도 아냐!
이토록 친근한 아이들

강력한 마법 앞에 굴복하는 법을
아이들은 자신도 모르게 저절로 습득했다

새장 문을 열어 소녀를 내려다보던 어른들
얼굴에 새겨진
숨을 멈춘
웃음, 웃음

이제 마법을 확인할 길은 영영 사라졌다
눈동자에 새겨져 있던 기쁨은
도대체 어디서 온 것이었을까?

당신의
차례

무슨 색을 좋아하나요?

당신 ‖

당신이 좋아하는 색이 등장하는 이상한 문장 하나를 써 보세요.

당신 ‖

위에서 쓴 문장이 말이 되게 하는 다른 문장을 써 보세요.

당신 ‖

인터뷰:
왼쪽
눈꺼풀

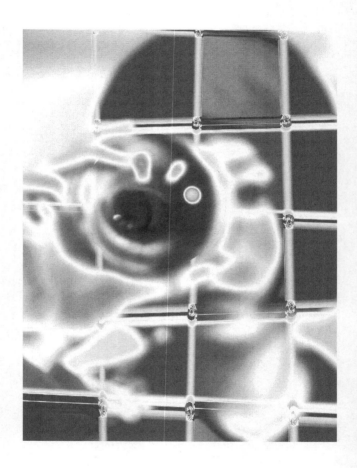

새로움 ‖ 자기소개 부탁할게요.

눈꺼풀 ‖ 안녕하세요. 전 눈꺼풀입니다. 제 이름은 눈과 꺼풀의 결합이라고 하더라고요. 겹겹의 지층들이요. 영어로는 아이리드(eyelid)예요. 여기서 리드는 뚜껑을 뜻하는 말이래요. 서부권 문명에서는 저를 개폐의 장치로 보는 거죠. 반대의 문명권에서는 저를 층으로 보고요. 동양과 서양에서는 저를 보는 시각이 전혀 다른 것 같아요. 그게 재미있다는 생각을 했습니다. 지금은 열고 닫는 일을 열심히 하고 있어요. 외면할 때, 감미로울 때는 닫고, 열고 싶을 때는 또 활짝 열리는 일을 하는 그런 부위인 것 같네요.

새로움 ‖ 어느 쪽 눈꺼풀인가요?

눈꺼풀 ‖ 저는 왼쪽 눈꺼풀에 가까운 존재인 것 같아요. 왼쪽이 더 정감 가지 않나요. 이상하게 그래요.

새로움 ‖ 왼쪽 눈꺼풀 님은 살면서 가장 인상 깊은 기억이 있나요?

왼쪽 눈꺼풀 ‖ 지금이 동지라서 그런가 팥죽을 봤던 기억이 먼저 떠올라요. 집이 요식업을 하거든요. 동지 때 저희 집은 항상 팥죽을 쒀요. 엄마라는 늙은 사람이 그걸 빙글빙글 돌리면서 끓이고 있죠. 그 빛깔이 되게 묘해요. 팥죽색이요. 전 그 색깔이 너무 좋아요. 이유는 잘 모르겠지만요. 두 번째는 책 읽는 기억이에요. 눈앞이 활짝 열리는 것. 제가 덮어버리는 순간 보이지 않잖아요. 의미를 잃어버려요. 그런데 제가 잠깐 올라가는 순간 문자들은 의미 있는 집합이 되죠. 정말 기적 같은 일 아닌가요? 그 작은 틈 하나로 그런 일이 이루어진다는 게. 제가 닫고 열 수 있는 범위는 고작 몇 밀리미터에 불과할 텐데 그게 어떤 세계를 여느냐 닫느냐의 문제가 되잖아요. 그래서 저는 팥죽과 활자, 눈앞에 있는 책의 표면이 가장 인상 깊어요.

새로움 ‖ 가장 잊고 싶은 기억을 말씀해 주세요.

왼쪽 눈꺼풀 ‖ 저의 경우 잊고 싶은 기억 자체는 없는 편인 것 같아요. 보통 잊고 싶은 기억은 슬픔이나 고통의 감각이랑 연결될 텐데 그런 것도 기억하고 싶은 마음이 커요. 웬만하면 저장해두고 싶은 욕심이 있어요. 보르헤스의 소설 중에 「기억의 천재 푸네스」라는 단편이 있는데, 거기에 기억의 천재로서 모든 기억을 다 가진 존재가 등장해요. 그걸 보면 저도 그렇게 되고 싶다는 욕심이 생겨요. 물론 안 된다는 걸 알죠. 망각이 없으면 안 되겠지만, 그래도 전 기억하고 싶어요. 아, 눈꺼풀의 입장에서 유일하게 좀 잊고 싶은 기억이 하나 있네요. 군대요. 군대가 진짜 폭력적인 구조를 가지고 있거든요. 남성들만 모여 있어서 더더욱 그래요. 개개인이 악하기 때문에 나쁜 행위를 한다기보다는 군대의 기저가 살해하는 행위를 학습하는 것이고, 생존하는 행위를 배우는 거고, 명령을 따르는 것이라서 그런 것 같아요. 거기에 익숙해지니까. 그래서 종종 끔찍한 장면을 볼 때가 있어요. 어딘가 잠시 매복을 해야 하는 상황이었는데 사람들이 땅을 파다가 뱀을 발굴했어요. 그리고 그 뱀이 혐오스럽다고, 선임 한 명이 삽을 들고 뱀을 잘랐어요. 뱀은 공격하려는 게 아니라 눈꺼풀들이 있으니까 도망치려고 한 것 같은데 말이에요. 기어 다니는 뱀을 반쯤 재미로 절단하더라고요. 그런 뒤에는 주변의 개구리들을 주워서 삽으로 야구 경기를 하듯이 쳤던 게 기억나요. 그게 여름이었는데, 여름 언덕에서 보았던 풍경인데 너무 끔찍했어요. 그것만큼은 좀 잊고 싶은 기억이 맞는 것 같아요. 너무 아파서. 저는 그때 실제로 닫혔어요. 눈에게 보여주기 싫은 풍경이라. 닫았다가 옆에서 누군가 왜 그러냐고 묻길래 그냥 뒤돌았던 기억이 나요.

새로움 ‖ 친구를 두 분만 소개해 주세요.

왼쪽 눈꺼풀 ‖ 제일 가까운 건 눈동자겠죠. 늘 같이 있으니까요. 다른 친구 하나는 머리카락이에요. 특히 앞머리는 계속 저를 찌르는 친구예요. 그게 굉장히 귀찮아요. 친구이자 적인 존재죠. 눈동자는 정말 친해서 항상 지켜주고 싶고 머리카락은…

새로움 ‖ 찌르는 맛이 있나요?

왼쪽 눈꺼풀 ‖ 전 머리카락 씨의 시를 한 번도 쉽게 읽지 못했어요. 읽을 때 진짜 앞머리가 걸리는 느낌도 좀 들고요. 그게 재밌어요. 그분이 진짜 그래요. 저는 그분의 시를 읽으면서 한 편 읽고 바로 다음 장으로 넘어간 적이 한 번도 없어요. 무조건 되돌아와서 다시 재생하는데 그게 되게 머리카락 같기도 하네요. 눈을 찌르거나 가리기도 하고, 보여주기도 한다는 맥락에서는 그분이랑 잘 어울려

요. 재밌어요. 좋은 친구인 것 같아요.

새로움 ‖ 눈을 구성하는 다른 분들을 어떻게 생각하세요?

왼쪽 눈꺼풀 ‖ 우리는 거의 하나에 가깝지 않을까요. 우리 중의 하나만 괴로워해도 저는 저절로 닫혀요. 제 친구 눈동자가 옛날에 라섹 수술을 했었거든요. 라섹은 진짜 아파요. 라식이랑 달라요. 그걸 하고 나니 저는 열릴 수가 없었어요. 얘를 지켜줄 수밖에 없어서 온종일 닫혀 있었던 기억이 나요.

우리는 각각 명칭들을 가지고 있는데 이름들을 보면 되게 재미있는 게 많아요. 이를테면 '마이봄샘'이라거나. 거기서 눈물이 만들어진대요. 이름 너무 이상하지 않아요? 그 외에 '두덩이'도 있고 '꺼풀'이도 있고 '동자'도 있어요. 우린 저마다 이름은 다른데 한쪽이 아프면 동시에 다 고통받는 관계죠. 인간도 사실 그렇다고 생각해요. 어떤 시집을 읽으면 가슴이 미

어질 것 같잖아요? 저는 진은영 시인의 시집을 읽고 많이 울었어요. 우리는 원래 다 끊어진 존재고 이름도 저마다 다른 존재지만 진은영 시인의 시집을 읽을 때는 잠시 같은 존재가 되는 것 같아요. 연결되는 거죠. 세월호 사건에서 희생된 304명의 사람들, 그들과 저는 계속 연결되어 있어요. 그래서 늘 죄책감을 가지고 아파해요. 기억하고 싶어하고요. 며칠 전에 《아바타2》를 보러 갔는데, 제가 그날 무척 피곤했어요. 그런데 영화에서 배가 침몰하는 장면이 있었거든요. 에어포켓 같은 것을 찾는 장면들이 나오는데 보면서 조금 힘들었어요. 다른 외국인 관객들은 힘들지 않을 것 같다는 생각도 했고요. 그렇지만 한국인들은 다 기억할 거예요. 일개 블록버스터 영화로 우리는 소재화되지 않는다는 것을 느꼈어요. 끝나고 나와서 친구에게 그런 얘기를 했더니 저와 똑같이 느꼈다더군요. 이름은 제각기 다르지만 서로 연결된 존재들이니까요.

새로움 ‖ 자기 자신을 전체라고 생각하시나요, 일부라고 생각하시나요?

왼쪽 눈꺼풀 ‖ 눈꺼풀, 일부인데 연결되는 것. 뿌리의 이미지. 저는 늘 모든 존재를 그렇게 생각하고 싶어요. 지금 제 앞에 계신 분도 그렇고 아까 언급했던 머리카락 분도, 날개뼈 분이나 다른 분들도 그렇죠. 우리가 굉장히 먼 거리에 있을 수도 있겠죠. 어떤 사람은 오하이오주에 살 것이고 어떤 사람은 대구에 살아요. 그럼에도 우리가 끊어지는 건 아닐 거예요. 우리는 연결된 존재일 거예요. 너무 낭만적인가 싶지만 저는 그냥 그렇게 믿고 싶어요. 이걸 믿지 않으면 누군가 다치거나 상처받을 때 쉽게 외면해버릴 거라는 생각이 들어요. 그래서 저는 부분이자 전체, 전체이자 부분입니다. 개인으로 살 때는 부분으로서 열심히 살고, 슬퍼하거나 고통스러운 일들을 겪을 때는 전체가 되고 싶어서 안달 내야 한다고 생각해요. 노력해야 하는 거죠.

새로움 ‖ 자기 자신을 통제하기 어려웠던 경험이 있나요?

왼쪽 눈꺼풀 ‖ 누군가를 좋아할 때는 늘 그래요. 잘 통제되지 않아요. 물론 저는 자신을 보통 사람보다 통제가 강한 눈꺼풀이라고 생각하고 있기는 해요. 보고 싶어도 완강하게 보지 않으려 하고, 마주하고 싶어도 그러지 않으려고 하고. 그렇게 노력은 하는 편이긴 한데, 사랑하는 마음이 상호 간에 확인되고 나서는 잘 못 참는 것 같아요. 굳이 사람이 아니더라도 좋아할 때는요. 좋아하는 사람과 접촉하는 행위나 손을 잡거나 안는 것들, 머리카락을 만지는 것들을 잘 못 참아요. 특히 손끝 부분을 잘 통제하지 못하는 것 같아요. 두 번째로는 책이요. 무조건 읽어야 해요. 엄청난 독서광은 아닌데 눈앞에 활자가 있다면 읽어야 해요. 그런 걸 눈꺼풀로서는 참아줘야 할 것 같은데. 못 참아요. 좋아하는

대상을 자꾸 탐닉하려고 하는 게 있는 것 같아요. 다들 그렇지 않을까요? 예를 들어 꽃다발을 보면 그냥 꽃다발이구나 하고 넘어가는 게 아니라 반드시 향을 맡아 보고 싶어지잖아요? 아름다운 대상을 보면 접촉하고 싶은 마음을 누르지 못해요. 그것과 긴밀하게 관계 맺기를 원하게 되죠.

새로움 ‖ 싫어하는 것이 있다면 무엇일까요?

왼쪽 눈꺼풀 ‖ 집착이요. 이건 정말 개인적인 이야기인데, 저에게 심하게 집착하는 사람들이 힘들어요. 저도 집착이 많긴 하지만 누가 저를 그렇게 대하면 도망가고 싶어져요. 제게 연락을 계속한다거나, 따라온다거나 하는 행위들이 왜 그런지 모르겠는데 아주 무섭더라고요. 뒷걸음치게 되고요. 연인 관계에서도 너무 과하게 연락하는 건 꺼려지고요. 저한테 관심을 너무 심하게 쏟는 경우들이 있잖아요. 혹은 어떤 물체

하나에 너무 집착하는 경우라던가. 그런 걸 싫어하는 것 같아요. 그러면 너는 쿨해? 하고 물을 수 있겠죠. 그렇지도 않아요. 저도 제가 좋아하는 대상에게는 늘 집착해요. 이기적이죠. 그러니 눈꺼풀 아니겠어요.

새로움 ‖ 좋아하는 것에 대해서 말해 주세요.

왼쪽 눈꺼풀 ‖ 눈 보는 거요. 사람의 눈이랑 내리는 눈 둘 다요. 그리고 책. 책을 읽으면 행복해요. 세 번째로는 그냥 눈앞에 보이는 모든 것들이요. 어렸을 때 전 되게 선택적인 사람이었거든요. 그래서 눈꺼풀이죠. 보고 싶으면 보고, 안 보고 싶으면 닫아 버리고. 그런 경향이 굉장히 강한 사람이었는데 그렇게 해보니까 볼 수 있는 것이 한정적이라는 사실을 느끼게 됐어요. 그런데 다른 좋은 사람들을 만나 보니까, 그들은 웬만하면 개폐 장치를 다 열어 두는 것 같아요. 저 사람의 예쁨은 뭔지, 귀여움은 뭔지, 아름다움은 뭔지 봐주려고 하는 사람들이더라고요. 그래서 저도 만물을 보는 게 다 좋아졌어요. 전부 긍정하려고 해요. 제가 산만한 이유죠.

당신의
차례

새로움 ‖ 당신은 어떤 신체 부위인가요?

당신 ‖

새로움 ‖ 자기 자신을 전체라고 생각하시나요, 일부라고 생각하시나요?

당신 ‖

새로움 ‖ 자기 자신을 통제하기 어려웠던 경험이 있나요?

당신 ‖

새로움 ‖ 가장 잊고 싶은 기억을 말씀해 주세요.

당신 ‖

인터뷰:
머리카락

머리카락 ∥ 어렸을 때는 하얀색이었어요. 사람들이 볼 때마다 하얗네, 요즘엔 더 하얗네, 그러더라고요. 비타민 C를 많이 먹고 난 뒤부터는 좀 검어져서, 그때부터는 많이 뽑았어요. 머리카락을 뽑으면 촉촉한 모낭이 보이는데, 그걸 코 밑에다 붙여서 수염을 만들었어요.

꽃다발 ∥ 가장 인상 깊었던 기억을 하나 말해 주세요.

머리카락 ∥ 하얀 머리카락이 저를 때린 적이 있어요. 중학교 2학년 때였어요. 당시 저희 중학교 학생들이 다 이용하는 다음 카페가 있었는데, 제가 운영자였거든요. 거기에 어떤 일진이 자기 담배 피운 걸 누가 고자질했느냐는 게시글을 올린 거예요. 전 그 사람이 누군지 모르고 이렇게 댓글을 남겼어요. 담배 피운 사람이 잘못이지, 왜 여기 와서 애들한테 그러시느

냐고. 그랬더니 한 달 후, 학원에서 나오는 길에 저를 끌고 가서 발로 차고 때리고. 그 사람 머리가 하얀색이었어요. 옛날에 유지태가 주유소 습격 사건에서 그랬던 것처럼 완전히 하얀색. 그걸 보고, 아, 나 저 머리를 하고 싶다. 맞으면서 그런 생각을 했어요. 그래서 고등학교 3학년 때, 수능 보고 나서 머리 탈색을 네 번 하고 하얀색으로 염색했어요. 머리색이라는 건 바로 하얀색으로 바뀌는 게 아니라 탈색 한 번 하면 노란색, 두 번 하면 조금 더 노란색, 네 번 정도 하면 정말 쭉 빠지고. 그런 식으로 색깔이 계속 변하는 거잖아요. 그렇게 열심히 하얀 머리를 만들고 있었는데, 저희 할머니가 돌아가신 거예요. 당시에는 염색하면 날라리 취급을 받는 분위기였고, 상주인데 하얀 머리는 좀 그렇잖아요? 그런데 전 그냥 하얀색 머리로 있었어요. 그 염색에서 가장 좋았던 건 검은색으로 돌아올 때였어요. 하얀색 머리를 하고 걸어서 부산

까지 간 적이 있거든요. 히치하이킹을 해서 서울에서부터 부산까지 2주 동안 여행을 했어요. 그때가 겨울이었는데, 날이 추워서 탈색한 머리가 부러지더라고요. 자꾸 부러지니까 좀 귀찮은 거예요. 하얀 머리를 한 지 2주가 좀 안 됐을 때였어요. 블루 클럽에 들어가서 검은색으로 해 주세요. 그랬어요. 그런데 검은색으로 염색하면 진짜 까맣잖아요. 염색을 다 하고 나서 아, 이게 검은색이구나. 나는 검은색이 아니었구나. 그걸 알았을 때가 가장 충격적이었던 것 같아요.

꽃다발 ‖ 가장 잊고 싶은 기억이 있나요?

머리카락 ‖ 전 아무것도 기억하지 않는 것 같아요. 물론 뭔가를 기억하고 있겠죠. 왜냐하면 저는 DNA 덩어리니까요. 내가 뭘 기억하는지 모르는데 무언가 기억된다는 게, 어떻게 보면 저한테 모든 기억은 그냥 다 무의식이겠네요. 발현되지 않는

거니까. 정신분석학적인 무의식이 아니라 정말로 (정말로) 과학적인 사실로서의 무의식이요. 그걸 의식이라고 불러도 될까요? 근데 어쨌든 만약에 기억이라는 것이 나에게 있다면… 만약에 신께서 그런 것을 허락하신다면…

꽃다발 ‖ 눈썹이나 속눈썹 같은 다른 털들에 대해서 어떻게 생각하나요?

머리카락 ‖ 부러워요. 부러워하면 안 되는 건가? 다른 털들은 자의식 과잉이 아닌 것 같다고 느껴져요. 그래서 부러워요. 다리털처럼 가려질 수 있는 털들은 깎든 말든 남들 눈치를 보게 되지는 않잖아요. 육체의 입장에서도 그렇게까지 관심이 가는 건 아니고요. 브라질리언 왁싱도 그렇죠. 그런데 머리는 다 깎으면 사람들이 대머리라고 놀리잖아요.
그리고 머리에 관한 명칭이 다른 털에 비해 많은 것 같아요. 스킨헤드처럼요. 다른 털들도

몇 개는 그런 명칭이 붙기도 하지만, 특히나 머리카락은 스타일에서 붙여지는 명칭이 많잖아요. 불리는 별명도 많고요. 명명된다는 것 자체가 조금 피곤한 일인 것 같기도 한데… 또 한편으로는 눈썹이나 수염도 자주 보이는 친구들이니까 완전히 밀거나 너무 길면 더 빨리 알아보기도 하고 그런 면들이 있는 것 같네요. 그럼에도 다른 털들이 부러운 건 숨길 수 없는 사실이죠. 나를 부르는 이름이 좀 줄었으면 좋겠어요.

꽃다발 ‖ 머리카락 씨는 춤을 잘 추시나요?

머리카락 ‖ 춤을 잘 춘다, 못 춘다는 것이 사실은 좀 애매하잖아요. 뭐가 잘하는 것이고 뭐가 못하는 것인지 정확히 얘기할 수 없으니까요. 즐거우면 잘 추는 것일 수도 있잖아요? 그런데 전 온몸의 다른 어떤 부위보다도 춤을 잘 추는 것 같아요. 매우 짧을 때만 빼고요. 그때 저는 움직이기 어려우니까. 또

한편으로 춤은 저에게 그야말로 자연스러운 상태라고 할 수 있어요. 보는 사람들은 모르겠지만 저는 세상에서 가장 유연해요. 다른 신체 부위들은 뚝딱거리는데 저는 통제를 벗어나 자기 마음대로 움직일 수 있으니까 훨씬 유연하게 춤을 추죠. 아쉬운 건 각기 춤을 추지 못한다는 점?

꽃다발 ‖ 친구를 두 분만 소개해주실래요?

머리카락 ‖ 무인도의 왕이라는 고등학교 친구가 있어요. 자기가 무인도를 사서 그곳의 왕이 되고 싶다고 했는데 그 말이 너무 웃기더라고요. 요즘에는 무인도의 왕이라는 꿈은 접은 것 같아요. 대신 별장을 사고 싶다는 생각을 많이 하는 것 같아요. 아마도 어떤 자연인들처럼 완벽히 혼자 있는 기분을 느끼고 싶나 봐요.

꽃다발 ‖ 완전히 통제하고 싶은 기분인 게 아닐까요?

머리카락 ‖ 그것도 있겠죠. 통제하고 싶은 기분이 어떤 사람한테는 폭력을 저지르고 싶은 기분일 수도 있고, 거기서 쾌락을 느끼고 싶은 기분일 수도 있을 거예요. 제 친구는 통제하고 폭력을 저질러서 남을 괴롭히는 것에 쾌락을 얻는 쪽이 아니거든요. 그런 것들을 오히려 피곤해하고, 싫어하는 편이에요. 저는 통제라는 게 안전하려고 하는 태도라고 생각해요. 공포스러운 것이나 두려운 것으로부터 도망가려고 하는 그런 태도요. 무인도는 아무도 없으니까 자기를 죽일 사람이 없잖아요. 그리고 친구는 자기가 무인도의 독재자가 되면 거기에 오는 사람 중 생겨날 범죄자를 강력하게 처벌하려고 생각하는 것 같아요. 그 친구가 뭔가를 항상 무서워하기 때문이겠죠. 이를테면 그 친구가 대구에서 잠시 대학을 다닌 적이 있었는데 그때 목검을 집에다 놓아두고 살더라고요. 도둑이 들어오면 그걸로 자기 몸을 지키려고요. 그게 되게 신기하게 느껴졌던 적이 있어요.

꽃다발 ‖ <u>진검이 아니고요?</u>

머리카락 ‖ 진검을 갖고 있을 수도 있겠지만 그러면 남을 죽여야 하잖아요. 그런 건 무서웠을지도 모르겠어요. 무인도의 왕은 마스크를 끼고 자는데 마스크를 끼고 자는 이유 중의 하나가 벌레가 혹시 자는 동안 입속에 들어올까 봐 무서워서예요. 무인도라고 해도 벌레가 있잖아요. 그 애는 벌레도 싫어하거든요. 물론 마스크를 끼고 자는 것 자체를 좋아하기도 하지만. 자기는 벌레를 먹는 것도 싫다고 하더라고요. 코로나 이전, 엄청 옛날부터 마스크를 끼고 자더라고요. 저는 답답해서 그럴 수 없을 것 같은데.
아무튼 무인도의 왕은 주위에 사람이 있는 것 자체를 싫어하지는 않아요. 그는 단지 공백 속에서 잠시라도 쉬고 싶어하고, 어쩌면 상상 속에서는 영원히 거기에 머물고 싶어 할 뿐이거든요. 조율이나 해결해야 하는 일들에서 벗어나서요. 문제는 그런 공간은 사실 존재하지 않는다는 거죠. 벌레나 날씨 같은 방해물들은 언제나 존재하니까요.

꽃다발 ‖ 다른 친구는요?

머리카락 ‖ 다른 친구는 작업실을 같이 쓰는 프로게이머 형, 원재연이에요. 프형이라고 부르는데, 이름이 시에 쓰기 무난해서 자주 사용하고 있어요. 프형은 돈이 많진 않아요. 그런데 시 속에서는 돈이 엄청나게 많은 기업의 사장으로 나와요. 혹은 재벌이나 악당으로요. 그는 쿠팡의 프로그래머거든요. 그가 쿠팡에 입사했을 때부터 축하해 주면서 쿠팡과 그를 동일시하기 시작했던 것 같아요.

꽃다발 ‖ 자신을 해칠 수도 있는 것… 혹시 무인도의 왕이 자신의 부재를 알리고 싶어서 무인도나 별장을 계속해서 그려 보고 있을 가능성도 있을까요?

머리카락 ‖ 그건 아녜요. 무인도의 왕은 제가 제일 좋아하는 친구인데 싫은 점이 별로 없어요. 평소 저는 사람의 싫은 점을 잘 찾아내는 편이에요. 우리는 사람을 보다 보면 그 사람의 부담스러운 면 같은 걸 보게 되잖아요. 그런데 제 친구 무인도의 왕은 싫은 점이 없어요. 그는 매력적인 사람이거든요. 그는 유명한 사람이 아니예요. 그래서 많은 사람들이 그를 알지는 못해요. 하지만 그를 한 번이라도 만난 사람은 다들 그를 좋아해요. 그러다 보니 언제나 자신이 무언가를 주재하는 위치에 서야 한다고 생각하죠. 그는 자신이 그런 위치에 있다는 사실에 스트레스를 받으면서도 동시에 그것을 좋아하는 것 같더라고요.

꽃다발 ‖ 싫어하는 것이 있나요?

머리카락 ‖ 헤어 무스, 좋지 않은 날씨.

꽃다발 ‖ 헤어 본드는요?

머리카락 ‖ 헤어 본드, 추운 날씨, 미지근한 물, 긴 앞머리도 싫어요. 왜냐면 눈을 가리니까요. 그럼 졸려요. 머리를 감을 수 없는 상황. 그러면 아침이 최악이고, 오이 샴푸, 오이 비누, 오이로 된 모든 것… 달콤한 냄새가 나는 모든 것. 몸에 바르는 무언가, 남은 로션을 나한테 바르는 거. 전 그러지 않지만 다른 사람들이 가끔 로션을 바르다가 남으면 머리에 바르거든요. 머리카락에 뭘 바르는 게 세상에서 제일 싫어요. 마치 티셔츠 꼬리표처럼 느껴져요. 티셔츠 꼬리표처럼 느껴지는 그 모든 느낌. 나를 방해한다고 느껴지는 것. 그런데 재미있는 건 진짜로 방해하는 것보다 방해한다고 느껴지는 것. 예를 들면 모자. 모자는 보는 건 좋아하고 남이 쓴 것도 좋아해요. 그런데 제가 모자 쓰는 건 싫어해요. 또 재미있는 건 가끔 사람들이 얼굴이 탄다거나 이 스타일에는 이게 잘 어울린다는 이유로 제게 모자를 씌울 때가 있거든요. 그러면 진짜

나 모자 너무 싫은데… 하고는 금세 모자 쓴 걸 까먹어요. 저는 머리에 젤을 바르든 무스를 바르든 금방 까먹거든요. 물론 순간접착제만 빼고요. 순간접착제를 바를 때는 진짜 통제당한 것 같은 느낌이 들어요. 그게 너무 싫어요.

꽃다발 ‖ 통제당하는 것.

머리카락 ‖ 너무 너무 싫어해요. 그런데 좀 다른 게 있는 것 같아요. 통제라는 게 여러 가지가 있을 거 아니에요. 예를 들면 저는 아기 때부터 결혼을 하고 싶었는데 결혼이라는 게 통제이자 구속력이 있는 말도 안 되는 제도라는 것도 아기 때부터 알고 있었어요. 그게 바보 같은 일이라는 것도요. 군이 구속될 필요가 없잖아요. 이성애 중심적인 것도 다 마음에 안 들고… 그런데도 하고 싶었어요. 사실 그게 좀 섹시하게 보였거든요. 아기 때부터. 저는 결혼이 BDSM 플레이의 일종이라고 생각했어요. 좋은 통제죠.

이를테면 우리가 너무 불안할 때 엄청나게 세게 안으면 갑자기 나아지는 것처럼. 떨리는 순간에 갑자기 숨을 멈추고 집중한다든지. 그런 압박감 같은 통제는 좋아해요.

꽃다발 ‖ 자신을 통제하기 어려웠던 경험이 있나요?

머리카락 ‖ 항상 그래요. 어렸을 때는 더 어려웠고요. 통제하지 못하고 있다는 사실조차 몰랐고, 통제해야 하는지도 잘 몰랐어요. 이런 상태가 당연하다고 생각했어요. 그런데 어느 날 너는 통제하는 데 어려움을 겪고 있어서 그렇게 괴로운 거야 하고 의사가 알려줬을 때, 그렇구나 그러면 앞으로 통제하면서 살면 되겠구나. 그렇게 생각했어요. 그후 훨씬 나아졌지만 완벽한 통제는 여전히 안 돼요. 그렇지만 안 되니까 해야 하는 거죠. 통제하려면 감각이 있거나 나 스스로 움직일 수 있어야 하는데 머리카락은 그게 안 되니까요. 그러니까 전 일종의 기

분 같은 거네요.

꽃다발 ‖ 가장 좋아하는 것에 대해서 말씀해 주세요.

머리카락 ‖ 고양이요. 한지라는 고양이를 가장 사랑해요. 그다음으로는 아내죠. 고양이는 머리카락이 많아서 많이 빠지고요, 저도 많이 빠져요. 엄청나게요. 그래서 매일 청소기가 돌아가요. 고양이는 청소기를 무서워해요. 그러나 저는 무서워하지 않죠. 그게 우리의 다른 점이에요. 저는 고양이가 저를 좋아하기 때문에 고양이를 좋아해요. 우리 고양이는 진짜 겁이 많은 고양이에요. 겁이 많아서 우리 집에 오게 됐고요. 비가 엄청 내리는 날에 우리 고양이가 어떤 사람 집으로 들어갔대요. 아주 작을 때. 그래서 사람들이 이 애를 키우기 시작했는데, 주인이 어딘가 출장을 가야 해서 친구 집에 좀 오랫동안 얘를 맡겨야 했대요. 친구 집에는 고양이 두 마리가 있었는데 얘가 너무 무서워서 이동장에

서 나오질 않는 거예요. 그리고 그 집 아이들이 아파지기도 했고요. 이런저런 이유로 다른 곳에 맡겨야 해서 타고 타고 우리 집에 오게 된 거예요. 처음에는 함께 살 건 아니었고 잠깐 있다 갈 거였어요. 그런데 소파에 아내랑 저랑 앉아 있었더니 데면데면하게 굴던 애가 문득 우리 사이에 앉는 거예요. 그때 얘랑 오랫동안 같이 있을 것 같다는 생각을 처음 했어요. 고양이는 점점 크면 클수록 겁이 많아지더라고요. 자기 영역이 생겨서 그런가 봐요. 예를 들면 어릴 때는 다른 사람이 올 때 도망가지 않았는데 이제는 누가 들어오면 무조건 숨어요. 제가 있어도 벌벌 떨고요. 얘가 세상에서 믿는 건 저랑 제 아내뿐이고, 아내보다 저를 더 좋아하거든요. 더 오래 같이 있으니까요. 아니다. 사실 저만 좋아해요. 쩐다. 어떻게 나만 좋아하지?

꽃다발 ‖ <u>자기 자신을 전체라고 생각하나요. 아니면 일부라고 생각하나요.</u>

머리카락 ‖ 제가 전체면 제가 할 수 없는 말도 제가 해야 하잖아요. 제가 느끼지 못한 것도 느낀다고 얘기해야 하고요. 물론 저는 머리카락이지만 나 자신에게만이라도 전체라고 할 수 있다면 저는 저를 전부 판단해야 하고, 속속들이 알고 있어야 할 것 같아요. 모른다고 하더라도 언젠가는 말해야 할 의무가 생길 것 같고요. 저는 그것보다 저 자신에게 한계를 설정해 두는 편을 훨씬 선호해요. 제가 못하는 걸 인정하는 편을 훨씬 선호하고요. 무슨 뜻이냐면, 제가 못 한다는 사실을 인정하지 않으면 못 하지만 하고 싶다는 마음을 갖지 못하게 되는 것 같아요. 저는 언제나 제가 할 수 없는 부분이 생기면 그걸 해보고 싶어져서 훨씬 더 재밌어지더라고요. 제가 시를 쓰는 것도 마찬가지고, 감각기관이 없는 머리카락이라는 것으로 뭔가를 말해 보려고 하는 이번 시도도 일종의 어려움이자 한계고요. 문학을 택한 것도 문학에 장애가 많아서예요. 다른 장르에 비해서 할 수 없는 게 너무 많아서 좋거든요.

그리고 당연하겠지만, 일부라고 생각하는 편이 다른 사람의 입으로도 말해질 수 있기 때문에 훨씬 더 간편하고 유연해진다는 점에서 좋아요. 전체라고 생각하면 할 일이 너무 많아지는 기분이에요. 같은 일을 하더라도 그런 기분을 느끼는 것보다 내가 하기에 적합한 분량의 일이라고 느끼는 게 낫죠. 그래서 지금은 일부인 것 같아요.

또 하나의 이유는 제가 세속적인 것들을 좋아하기 때문이에요. 잘못된 믿음이나 욕심, 열등감 같은 것들을 좋아하죠. 재미있는 건 제가 열등감이 없는 편이라는 사실이에요. 그게 몇 안 되는 제 장점이고요. 전 어릴 때부터 그랬는데, 제가 잘나서 그런 건 아닌 것 같아요. 전 단지 열등감의 존재를 인지해 본 적이 드물어요. 그리고 전 외로움도 잘 못 느껴요. 만약 네 살짜리 아이의 경우를 가정해 보면, 그 아이는 외로움이라는 단어 자체를 모를 거예요.

외롭다는 게 뭔지 모르는 거죠. 그렇다고 혼자 있다는 느낌이 없는 건 아네요. 양육자의 부재 속에서 골목길에 앉아 혼자 노는 느낌. 막대기로 그림을 그리거나 하면서? 그런 감각이 제가 존재하는 느낌과 비슷한 것 같아요. 머리카락이라는 건 약간 혼자 노는 아이 같은 존재거든요.

꽃다발 ‖ 그럼 머리카락 씨는 어디의 일부인가요?

머리카락 ‖ 엔트로피의 일부죠. 저는 요즘에, 특히 『항상 조금 추운 극장』을 쓰는 동안 시간의 과학에 대한 생각을 정말 많이 했어요. 시간이란 뭘까. 그 물음은 풀리지 않는 거잖아요. 아예 미스터리죠. 과학으로도 밝힐 수 없고요. 저는 시간이라는 개념 자체가 재미있어요. 빅뱅 이전에도 시간은 존재했잖아요. 그 시간을 우리는 허수 시간이라고 정의할 수 있다고 하더라고요. 북극점의 북측을 생각하면 허수 시간에 대한 이해가 더 쉽대요. 아무튼 빅뱅으로 출발해서 셀 수도 없이 많은 가능성이 존재할 텐데 그 가능성이 점점 줄어든다고 생각해보세요. 그게 줄어들게 되면 시간이 마치 정지한 것처럼 보일 거라고 하던데 제가 그것의 일부라는 생각이 드는 거죠.

꽃다발 ‖ 자기가 속해 있는 부분에서 분리된다면 또 다른 전체가 될까요?

머리카락 ‖ 어디서 관측하느냐에 따라서 다르겠지만, 저는 가끔 외따로 떨어졌을 때 전체가 된 것 같긴 했어요. 그건 어디에 떨어졌느냐에 따라 달라져요. 재미있지 않나요? 머리카락은 항상 한 덩어리인데, 그중 한 가닥이 떨어져서 하얀 바닥이나, 하얀 밥, 사골국 위에 놓여 있을 때 더 완전한 전체처럼 보이기도 해요. 하나의 작품처럼요. 하지만 그건 허상이에요. 저는 머리카락이 그렇게 전체로 관측되는 걸 좋아하지 않아요. 저는 환유를 싫어하거든요. 이를테면 주호민 씨가 걸어

가는 걸 보고 대머리가 걸어간다고 말하는 일이요. 저는 그게 재미없는 비유 중 하나라고 생각하는데, 또 시에서는 환유를 지나치게 좋아해요. 그게 되게 마술적이기 때문이에요. 전 그게 기본적으로 사기라고 생각해요. 물론 마술을 꼭 싫어해야 한다는 건 아녜요. 이건 제 의견일 뿐이니까요.

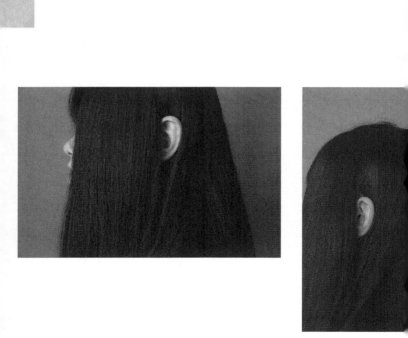

당신의
차례

꽃다발 ‖ 털에 대해서 어떻게 생각하나요?

당신 ‖

꽃다발 ‖ 춤을 잘 추나요?

당신 ‖

꽃다발 ‖ 당신은 어디의 일부인가요?

당신 ‖

꽃다발 ‖ 가장 인상 깊었던 기억을 말씀해 주세요.

당신 ‖

인터뷰:
붙어 있는
촌톱

잘려 나간 손톱 ‖ 자기소개를 부탁드릴게요.

붙어 있는 손톱 ‖ 저는 몸에서 벗어나고 싶어 하는 욕구가 있어요. 그리고 갇혀 있다는 느낌이 강해요. 육체가 있으면 나는 여기서부터 여기까지다라는 게 정해져 있잖아요. 그게 굉장히 답답하게 느껴져요. 고통을 원체 민감하게 느끼다 보니 몸이 없으면 고통도 없을 텐데 하는 생각이 들어요. 내가 이렇게 힘든 것은 다 몸 때문이다 하고요. 어떤 힘든 일이나 불편한 일이 있을 때, 육체 탓을 하는 거죠.

잘려 나간 손톱 ‖ 가장 인상 깊었던 기억을 하나 고르자면?

붙어 있는 손톱 ‖ 손톱을 삼킨 적이 있어요. 내가 내 몸을 먹었다. 라는 느낌이 충격적이었어요. 그런데 사실 손톱을 먹은 적이 분명 이전에도 몇 번 있을 거예요. 입에 가져다 대기 쉬운 위치에 있으니까 어렸을 때는 나도 모르게 손톱을 많이 삼켰을 것 같아요. 그렇지만 그 순간에는 내가 나의 신체 일부를 삼키고 소화할 수 있다는 것 자체가 저한테 무척 쇼킹했어요. 지금 생각해도 조금 소름 끼치네요.

잘려 나간 손톱 ‖ 잊고 싶은 기억이 있나요?

붙어 있는 손톱 ‖ 네. 고통이랑 관련된 기억이에요. 소화기관이 조금 안 좋아서 일상생활이 거의 되지 않던 시기가 있었어요. 지금처럼 사람을 만나려면 이틀 정도는 굶어야 했어요. 속을 비워야 고통이 적으니까요. 그때는 몸이 있다는 게 정말 생생하게 느껴지더라고요. 아파서요. 너무 힘들었기 때문에 잊어버리고 싶은 기억이에요.

잘려 나간 손톱 ‖ 물리적 고통을 많이 무서워하나 봐요.

붙어 있는 손톱 ‖ 손톱은 고통을 느끼지 못 한다는 생각을 하면서 여기에 왔어요. 대신 손톱은 그 고통의 진동을 느낀다고 생각해요. 사람이 고통을 느낄 때 그곳에서 배어 나오는 어떤 떨림? 설령 그게 고통이라는 개념에는 속할 수 없다 해도 일종의 상징적 고통 정도는 되지 않을까요? 고통이 말단 부위까지 전해질 때 손톱은 그걸 무척 미세하게 느끼고 거기에 동요하는 거죠. 어쨌든 그 고통도 고통의 일부로 존재하고 있다, 그런 생각을 했어요.

잘려 나간 손톱 ‖ **친구를 두 명 소개해 주세요.**

붙어 있는 손톱 ‖ 인터넷과 증상이요. 전 건강염려증이 심해요. 손발톱 끝이 갈라진다거나 속에서 멍이 든다거나 하면 불안에 시달리기 시작하거든요. 그 증상들을 면밀히 관찰하고 매일매일 사진을 찍으면서 불안을 키워 가요. 인터넷에서 관련 질병이 뭐가 있는지 찾아보면서 이제 나는 살 날이 얼마 남지 않았을지도 모른다는 최악

의 상상까지 하고요. 그런 건 무척 병적이고 말도 안 되는 행위일 수도 있지만 저한테는 그게 친구에게 또 왔느냐고 인사하는 것처럼 자연스러운 일이에요. 병원에 가서 '인터넷 좀 그만하세요.' 같은 말을 듣고 조금 회복하기는 하지만 금세 다시 그 과정을 반복해요. 몸은 계속 변하고, 매일매일 조금씩 조금씩 내가 몰랐던 상처나 증상들이 발견되고, 어쩔 수 없이 인터넷을 보고 두려워하게 되는 그런 과정들을 이제는 나의 친구로 받아들여야 하지 않을까 싶네요.

잘려 나간 손톱 ‖ **싫어하는 것이 있다면?**

붙어 있는 손톱 ‖ 손톱이 길어지는 것이요. 거슬려요. 이물질이 낄 수도 있고요.

잘려 나간 손톱 ‖ **좋아하는 것은 뭔가요?**

붙어 있는 손톱 ‖ 손톱 관리, 손

톱 갈기.

잘려 나간 손톱 ‖ 자기 자신을 통제하기 어려웠던 경험이 있나요?

붙어 있는 손톱 ‖ 저는 통제가 인생의 화두 같기도 해요. 전 통제감을 되게 좋아하고 통제감을 느껴야 안심하는데, 사실 많은 것들이 통제 불가능하잖아요. 세상도 나도 뭐 하나 마음대로 되는 게 없고요. 저 스스로 조종할 수 있는 것이 별로 없어서 글을 쓰는 것 같기도 해요. 한 문장을 쓰는 동안은 내가 그 문장을 통제한 것 같으니까. 글쓰기와는 별개로 통제 불가능한 경험은 아주 자주 겪는 것 같아요.

잘려 나간 손톱 ‖ 자기 자신을 전체라고 느끼시나요, 혹은 일부라고 느끼시나요?

붙어 있는 손톱 ‖ 저는 일부라고 느끼는 것 같아요. 그런데 스스로가 일부도 아니라고 느낄 때도 많아요. 과거에 내가 한 사람이라는 걸 못 받아들일 때가 있었어요. 내게 일 인분이 주어진다는 게 이상하게 느껴지고, 사람들이 나와 부딪히기 전에 피한다는 것도 이상하게 느껴지고, 내가 어떤 좌석에 앉기 전에 사람들이 자리를 비워주는 것도 이상하고요. 유령이 되고 싶은 욕망이 있었던 것도 같아요. 지금도 몸이 일 인분을 차지한다는 게 두려워요. 제가 하나의 자의식을 가진 고유한 개체가 아니라 인간이라는 종의 몸을 어쩌다 통과하는 존재라는 생각을 해요. 그러면 고민거리가 조금 가볍게 느껴지고, 나는 인간이라는 하나의 표본일 뿐이라고 생각하면 모든 것이, 죽음이라거나, 그런 것이 다 작게 느껴져요.

잘려 나간 손톱 ‖ 춤을 잘 추세요?

붙어 있는 손톱 ‖ 전혀요. 하지만 관심은 있어요. 제게 정말 멀게 느껴지는 장르거든요. 제가 몸을 어렵게 느끼는 것만큼 춤과 춤추는 사람들을 볼 때 어떤 낯

섦과 엄청난 존경 같은 걸 느껴요. 몸이 재료로 사용되는 상태가 저한테는 무척 어색하고 신선하고, 언제 봐도 놀랍죠. 가끔은 원초적인 느낌이 들기도 해요. 춤이란 몸이 있는 순간부터 가능한 예술이니까 인류가 존재하기 시작했을 때부터 있었을 것 아니에요.

야 모든 걸 할 수 있다는 점, 몸이 있어야 존재가 성립된다는 점에서 무척 중요한 모순 덩어리죠.

잘려 나간 손톱 ‖ 손톱을 깎다가 손톱이 쓰레기통으로 떨어질 때 빙빙 돌면서 떨어지는 것도 춤이라고 할 수 있을까요?

붙어 있는 손톱 ‖ 그렇지 않을까요? 몸에서 떨어져 나가면서 움직이는 거지만, 쓰레기통으로 들어가기 전까지 몸과 몸이 아님 사이에 있는 그 찰나를 춤이라고 볼 수도 있지 않을까 싶어요.

잘려 나간 손톱 ‖ 신체에 대해서 어떻게 생각하세요?

붙어 있는 손톱 ‖ 끔찍하게 생각해요. 큰 장애물인데 몸이 있어

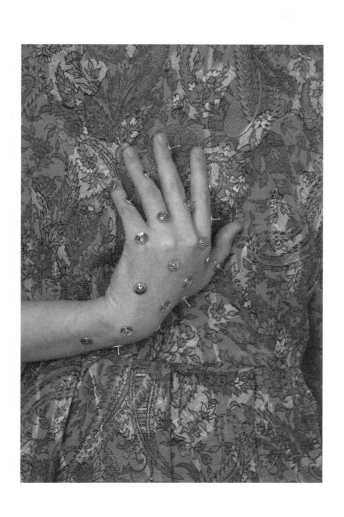

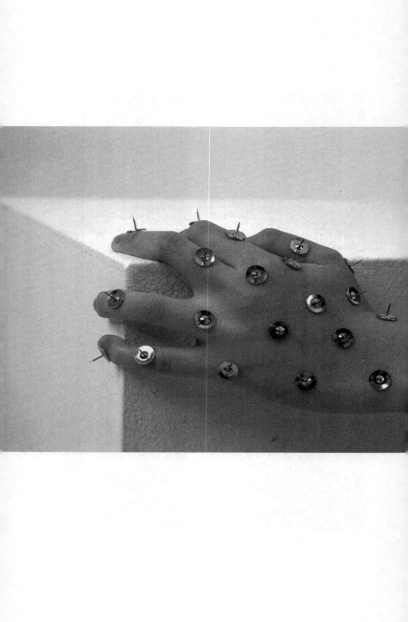

당신의
차례

잘려 나간 손톱 ‖ 신체에 대해서 어떻게 생각하나요?

당신 ‖

잘려 나간 손톱 ‖ 좋아하는 것이 있나요?

당신 ‖

잘려 나간 손톱 ‖ 손톱의 춤은 무엇일까요?

당신 ‖

인터뷰:
옹르쪽
날개뼈

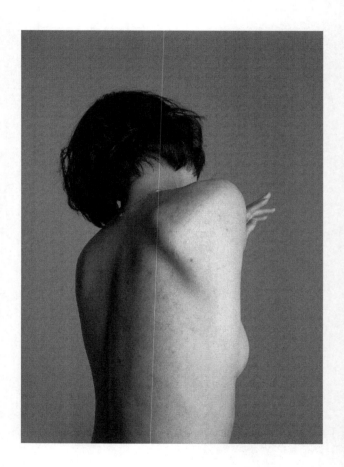

**신문하는 주재자 ‖ 자기소개 부탁
드려요.**

오른쪽 날개뼈 ‖ 저는 오른쪽 날
개뼈입니다. 평소에는 굉장히
건강한 편이고요. 시기에 따라
혹은 중앙 처리 시스템과 소통
이 잘되지 않을 때 심각한 문제
를 일으킵니다. 이름이 오른쪽
날개뼈이기 때문에 날개를 연
상하게 되어서 스스로도 내가
날개인가 의심해 보기도 해요.
하지만 날개가 있는 건 아니라
서 결국 오른쪽 날개뼈는 어떤
역할을 할 수 있을까를 고민합
니다. 내 이름이 나에게 어떤
영향을 끼치는지, 그게 혹시 나
의 기원은 아닌지에 대해 항상
생각하는 존재라고 말할 수 있
겠네요.

**신문하는 주재자 ‖ 왼쪽 날개뼈에
대해서는 어떻게 생각하시나요?**

오른쪽 날개뼈 ‖ 쌍둥이 같은 존
재로 알고 있습니다. 저는 오른
쪽 날개뼈로서 오른손과 연결
되어 있기 때문에 많은 일을 담
당해요. 그러다 보니 왼쪽 날
개뼈보다는 좀 고된 면이 있어
요. 아무래도 왼쪽 날개뼈는 저
에 비해 편안해 보이죠. 왜 나
만 아플까, 그런 생각을 할 때
도 있는데 조금 다르게 생각하
다 보면 내가 아프니까 이제는
왼쪽 날개뼈가 일하면 되겠구
나, 라고 믿게 될 때도 있어요.
의지하는 거예요. 왜냐하면 나
와 함께하는 오른손이 문제가
생긴다면 그것을 왼손이 담당
하게 되니까 힘듦을 나누어 가
질 수 있잖아요.

아, 저를 주관하는 존재는 원
래 왼손잡이였어요. 어렸을 때
오른손잡이로 교정을 당해서
강제로 제가 쓰여졌죠. 사회적
인 어떤 시선 때문이었겠지만
요. 사실은 왼쪽이 쓰였어야 했
는데 그때부터 오른손으로 모
든 것들을 하게 되었어요. 그러
나 노력해도 바뀌지 않는 부분
이 있지요. 이를테면 삽질할 때
서는 방향이나 사격할 때 눈을
감는 방향 같은 것이요. 이렇게
방향성이 있는 것들에 대해서
는 왼쪽으로 고정되어 있어서

고치려고 해도 고쳐지지 않아요. 하지만 대부분의 노동은 오른쪽이 담당하고 있기 때문에 오른쪽 날개뼈인 저도 그걸 다 감당하고 있어요.

신문하는 주재자 ‖ 가장 인상 깊었던 기억이 있나요?

오른쪽 날개뼈 ‖ 나를 주관하는 존재가 카페에서 일한 적이 있어요. 그때 오른손으로 쟁반을 드는 일이 많았는데, 문제가 생기더라고요. 평소에 단련이 많이 된 존재라고 생각했기 때문에 별일 일어나지 않을 것이라고 생각했음에도 불구하고요. 사기나 유리로 된 그릇들은 대부분 무거운데 그것들을 받치는 쟁반을 하루에 수십 번, 수백 번씩 옮기다 보니 그렇게 된 것 같아요. 전완근이라든가 이두라든가 하는 강력한 근육에는 이상이 없었는데, 고통은 그런 것들을 전부 건너뛰고 가장 연약한 오른쪽 날개뼈 뒤쪽 근육에서 통증으로 변화하더군요. 많은 존재로 구성된 곳에서 노동에 문제가 생기면 가장 약한 것부터 터져 나간다는 사실. 그게 인상 깊었습니다.

신문하는 주재자 ‖ 가장 잊고 싶은 기억은요?

오른쪽 날개뼈 ‖ 잊고 싶은 기억들은 많죠. 개인적으로 좋지 않았거나 후회가 되는 기억들이 대부분 그럴 텐데 저는 그것들을 다 저장하고 싶은 성향을 갖고 있어요. 왜냐하면 기억, 혹은 경험이라는 것이 좋지 않은 것들로만 이루어지지는 않거든요. 항상 가장 좋은 것들 사이에 가장 나쁜 것들이 있고 가장 좋았던 기억 속에 가장 잊고 싶었던 기억이 혼재된 경우가 많아요. 그것들을 구분해서 좋지 않은 것들만 잊어버리는 일은 굉장히 어렵고요. 좋았던 것들을 계속 저장하고 싶다면 좋지 않았던 것, 잊고 싶었던 것도 함께여야 가능하다는 거죠. 괴로운 기억을 저장해 두면 떠올릴 때 고통스럽지만, 그것과 함께 오는 좋았던 것들을 잊지 않을 수 있다는 장점이 있어요.

신문하는 주재자 ‖ 친구를 두 분 만 소개해 주시겠어요.

오른쪽 날개뼈 ‖ 한 명은 승모근 입니다. 오른쪽 날개뼈보다 좀 더 먼 거리에 있는 근육인데 항 상 먼저 나와서 제게 신호를 보 내 위기를 예감할 수 있게 해 주는 친구죠. 그 신호를 무시했 을 때 오른쪽 날개뼈에게는 위 기가 닥치게 됩니다. 그렇게 보 면 승모근과 오른쪽 날개뼈가 무척 긴밀한, 찰떡궁합의 친구 라고 할 수 있죠. 나와 똑같이 생긴 짝인 왼쪽 날개뼈가 가장 좋은 친구 같기도 하지만, 그 는 나와 닮았다기보다 어떤 궤 적을 같이 하는 이라고 해야 할 까요. 함께 노동하는 존재에 더 가깝다고 봐요. 두 번째 친구 는 재휘예요. 중학생 때부터 친 했던 친구인데, 저는 그 친구가 아주 오래전부터 시인이 될 거 라고 믿어 의심치 않았어요. 그 래서 그 친구를 '지음'(知音)이 라고 부르곤 했어요. 지음은 나

를 진정으로 알아주는 친구라 는 뜻이거든요.

재휘는 항상 제게 부채감을 안 겨주는 친구이기도 해요. 저에 게 잘해주니까요. 재휘는 제가 소식이 없어도 먼저 소식을 전 해주고, 매일매일 연락하진 않 지만 항상 때가 되면 얼굴 한번 봐야지 하면서 먼저 연락해 주 는 친구예요. 옆에 있을 때 시 간도 돈도 마음도 실컷 써도 되 는 그런 친구죠.

신문하는 주재자 ‖ 싫어하는 것은 뭔가요?

오른쪽 날개뼈 ‖ 반복에서 오는 통증이요. 육체적인 것과 정신 적인 것을 통틀어 싫어해요. 신 체라는 건 어느 정도 내구성을 가지고 있어요. 그런데 그 내구 성을 무너뜨릴 만큼의 반복이 가해지면 통증이 와요. 그 통증 은 그 자체로 굉장히 날카롭고 고통스럽기도 하지만 고통이 오기까지의 과정들, 반복들에 서 오는 고통도 만만치 않게 괴 롭거든요. 웬만한 반복으로는

통증이 오지 않으니까요. 그게 육체적으로도 정신적으로도 매우 큰 스트레스입니다. 당연히 정신적인 통증도 동반하고요. 그래서 노동의 성격이나 노동의 어떤 본질에 대해서 생각하게 되요. 반복적인 노동이 아니라 총체적인 노동을 할 수는 없을까? 혹은 창조적인 노동을 할 수는 없을까? 늘 고민해요.

신문하는 주재자 ‖ 노동과 단련이 삶에 있어서 무척 중요한 키워드인가 봐요.

오른쪽 날개뼈 ‖ 단련이라는 게 재미있어요. 육체적으로 단련이라고 하면 어떤 것을 수행하는 능력을 배가시키려는 목적으로 자신의 능력치를 높이는 행위예요. 좋은 행위로서의 단련이죠. 반면 정신적으로 봤을 때는 단련받는다는 말이 어떤 마음 씀을 이야기하는 것이잖아요. '너 단련되었겠다.' 같은 표현처럼요. 마음이 닳고 닳아가는 과정이죠. 그게 제가 오랫동안 생각해 왔던 문학적 모티

브예요. 반복적으로 열과 압력을 가하면 금속이 단련되는 것처럼, 인간도 어떤 고통을 받는 과정을 거쳐 단련된다고 볼 수 있겠네요.

신문하는 주재자 ‖ 좋아하는 것에 대해서 말씀해 주세요.

오른쪽 날개뼈 ‖ 오른쪽 날개뼈의 입장에서는 안마라고 할 수 있죠. 마사지 같은 건 근육을 풀어주는 행위거든요. 마사지를 받으면 유쾌하고 감정적으로도 풀어져요. 반면 인간으로서 그건 어떤 손길이죠. 여기서 손길은 물리적인 의미로서의 손길뿐만이 아니라 정서적인 손길이라는 의미도 포함해요. 그런 정서적인 손길을 주고받을 수 있는 것을 굉장히 좋아해요. 우리는 어떤 걸 좋아한다는 이야기를 많이 할 수도 있고 그것들을 구체적으로 나열할 수도 있지만, 그것들이 어떠한 성격을 가지고 있냐를 근원적으로 쫓아가다 보면 결국 정서적 교감을 이루는 것들에게 좋음

을 느끼고 있지 않은지 생각해 볼 수 있겠지요.

신문하는 주재자 ‖ 춤을 잘 추세요?

오른쪽 날개뼈 ‖ 개인적으로는 잘 춰요. 기분이 좋을 때 혼자서 기쁨의 댄스를 막 추거든요. 방에서도 추고 의자 위에 올라가서도 추고 엉덩이도 흔들고 어깨도 흔들고 머리도 흔들고 막 이상하게 춤을 춰요. 남들이 보기에 잘 춘다고 보기는 어렵겠죠. 그렇지만 대학교 때 스포츠 댄스 강의에서 중간고사와 기말고사 모두 A+를 받은 기억은 있어요.

신문하는 주재자 ‖ 춤에 대해서 어떻게 생각하세요?

오른쪽 날개뼈 ‖ 저는 마음속으로 춤에 대한 굉장한 애정을 갖고 있어요. 《백야》라는 옛날 영화가 있는데 그 영화에 발레나 탭댄스 같은 춤이 나와요. 제가 너무너무 좋아하는 영화라서 그걸 보며 나도 저렇게 춤을 추고 싶다는 생각을 많이 했어요. 또 영화 《빌리 엘리어트》에서도 '빌리'라는 인물이 영국 전통 춤을 추는 장면이 나와요. 그걸 보고 춤을 정말 배우고 싶어서 대학교 교양 수업 때 댄스 과목을 발견하고 즉시 수강 신청을 했어요. 거기 가면 여러 가지 댄스를 배울 수 있겠구나, 그러면 혹시 탭댄스 같은 것도 배울 수 있을까 하는 기대를 가지고 그 수업을 들어갔는데 사교댄스를 가르치더라고요. 그 때만 해도 사교댄스에 대한 인식이 별로 좋을 때가 아니었어요. 수강 포기를 하려고 했는데 수업 첫날 선생님께서 《쉘 위 댄스》라는 영화를 틀어주셨어요. 그런데 그 영화가 너무 좋은 거예요. 지금 보면 좀 이상한 것도 있을 법한 영화이긴 하지만 당시에는 정말 좋았어요. 그래서 수강 포기를 포기하고 열심히, 신나게 스포츠 댄스를 췄죠. 중간고사는 왈츠로 A+, 기말고사는 차차로 A+을 받았어요. 그렇게 재미있게 춤을 췄던 기억도 있네요.

신문하는 주재자 ‖ 신체란 뭘까요?

오른쪽 날개뼈 ‖ 사람들은 신체와 정신을 분리해서 생각하기도 하고, 상대적인 관계로 생각하기도 하죠. 저는 신체와 정신이 분리할 수 없는, 상호 간에 많은 영향을 주고받는 존재들이라고 생각해요. 우리는 여러 가지 신체들로 정서를 표현하기도 하잖아요. 고개를 푹 숙이고 걸어가는 모습처럼요. 굽은 등이나 처진 어깨 같은 것도 있고요. 어떻게 보면 신체만큼 정직하게 정서를 드러내는 것도 없다는 생각이 들어요. 우리나라 사람들이라면 대부분 가지고 있는 기억 중 하나겠지만, 제가 어렸을 때 배가 아프면 할머니가 손으로 배를 쓸어 주셨단 말이에요. 배가 차가우면 배탈이 잘 나기 때문에 배를 좀 쓸어 주면 따뜻해지면서 덜 아파지고 낫기도 하고 그랬던 기억이 있어요. 그 영향인지 많이 외로울 때는 배가 차갑지 않아도 누군가 배를 쓸어 주면 좋겠다고 생각하게 되더라고요. 신체는 정서적일 수밖에 없는 거죠. 누군가 배를 쓸어 주면 위로받는 느낌이 들 것 같았어요. 성인이 되자 누군가에게 그런 부탁을 하기는 좀 어렵게 되었지만요. 그래서 배가 차가울 때는 더 쓸쓸해지곤 하더군요.

신문하는 주재자 ‖ 자기 자신을 통제하기 어려웠던 경험이 있나요?

오른쪽 날개뼈 ‖ 너무 많죠. 제가 통제가 잘 되는 타입이라고 생각을 해 왔었는데 그렇지만은 않더라고요. 통제가 잘 된다면 얼마나 좋겠느냐마는 아주 수시로 잘 안 되곤 하잖아요. 말도 잘 안 듣고요. 고집 센 당나귀 같은 존재죠.

신문하는 주재자 ‖ 나 자신은 온전히 하나로 존재하는 전체일까요? 아니면 어떤 것의 일부일까요?

오른쪽 날개뼈 ‖ 일부라고 생각하고 싶어 하지 않는 일부인 것 같아요. 전체라고 생각하고 싶은 일부라고 할 수도 있을 것 같아요. 생각해 보면 저는 늘 고집이 세고 주관이 뚜렷하고, 좋은 말로 해서 자아가 강하고, 자기중심적이거든요. 그게 전부가 아니라는 걸 알고 있지만 자신을 방어하는 방법이라고 생각하고 있기 때문에 고슴도치 같은 형태를 띠고 있는 거죠. 어느 면으로 보나 저는 부분인 존재지만 늘 전체인 양 행동하자는 생각이 있어요. 그러지 않고는 견뎌내기 어려운 경우가 많으니까요.

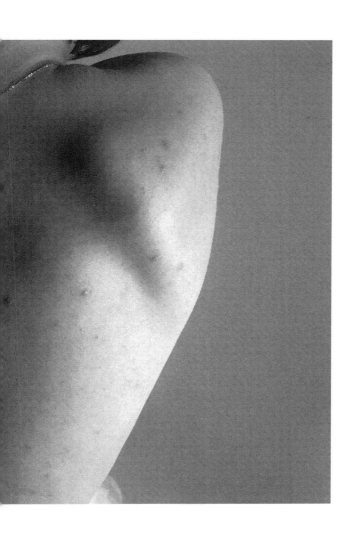

당신의
차례

신문하는 주재자 ‖ <u>노동이란 무엇일까요?</u>

당신 ‖

신문하는 주재자 ‖ <u>왼쪽 날개뼈에 대해서 어떻게 생각하세요?</u>

당신 ‖

신문하는 주재자 ‖ <u>당신의 지음(知音)은 누구인가요?</u>

당신 ‖

Part 2,

Poetry x Novels

2부는 두 편의 시와 세 편의 소설로 구성되어 있다.

시

오
의
찬

정확하게 하고 싶습니다.
시는 바로 그 멍청한 원동력입니다.

모두 모여서

가끔 스포츠는 너무 거칠더라?

몸싸움 정도는 할 수도 있지.

그러면, 경기 전에 사람을 때려도 돼?

가끔 질 안 좋은 사람도 있는 거야.

나는 스포츠 경기를 보면서 응원을 왜 하는지 모르겠다니까.

응원할 뿐이잖아. 같이 보러 갔었으면서?

풍선으로 만든 응원봉을 두드리는 게 아니라 사람한테 레이저를 쏘고, 불타는 조명탄을 날리는 것도 응원이냐? 경기에 졌다고 길거리의 차나 종이 쓰레기에 불을 붙이는 모습은 못 떠올려?

쉽게 생각하자. 모두 그러는 게 아니잖아. 지금 우리를 훌리건이라고 생각하는 거야?

아니, 들어봐. 다들 온몸이 불타고 있다고. 그런데 내 소원은 담배를 피우는 정도로 족하단 말이야. 승리와 패배는 전투적인 단어지만 서로의 연고지가 다르다고 상대 팀의 유니폼까지 밟아 버려도 되는 거야? 10년 후에도 경기장에서 응원봉을 두드릴 수 있을 거라는 확신이 있다면 그것은 응원봉에 불과해.

우리의 피부하고 다를 것도 없어.

아니? 오히려 우리의 피부였다면 불을 옮기며 경기장을 전장으로 만들 일은 없었을 걸? 잔디 구장이 얼마나 중요한지 알아서 몽땅 불 태우고 싶어도 담배나 피우는 나처럼…

야! 닥쳐 봐라 좀! 시끄럽다!

야, 들었지? 너… 어디 가?

담배.

입은 벌써 전쟁터다. 쏘고 난 총처럼 연기를 내
뿜고.
원정 팀과 연고지 팀의 응원봉이 난잡하게 굴러
다닌다.
초록색과 파란색으로.
나는 관성적으로 고개만 끄덕거린다.

비닐 위에 진하게 남은 발자국을 살펴본다.

오지 말아야 할 사람들이 있는 거 같은데
정말 안 오면 경기장은 얼마나 비어버릴까?

나도 단순하게 생각할 수 있었다면.

응원전이 응원 이상의 싸움으로 번져나갈 때,
그게 반복되는 이유를 반복될 수 있는 힘으로
볼 수 있다면.

경기장의 모티브가 콜로세움이 아니라 샐러드
볼이라면.

모두 데려올 거다.

영원한 사랑과 명예를 노래하며 영원해지고 싶
은 사람들을.

모두가 구르고 모두를 굴리는 샐러드 볼에서
영원은 발에 걸릴까, 발을 걸어 버릴까?

응원봉의 형태를 살펴보자.

두드려야 할 것 같을 때
어디까지 두드려 버릴지.

그 세계에서도 응원봉은 투명할지 두고 보자.

시

고
명
재

책 읽는 걸 좋아해요. 동묘처럼 엉뚱하게 뒤섞인 곳을
좋아합니다. 귤과 불상, 우동 그릇과 붓을 함께 파는
가게를 좋아합니다. 쾌청한 날 초콜릿 먹는 것을 좋아
합니다. 시 쓰고 소설 읽는 날을 가장 좋아합니다.

너무 어렵지 않다면

명재는 명제를 좋아하겠네 수학 첫 시간에 선생
님한테 이 말을 듣고 곧바로 수포자가 되었다

수포[1]: 물이 다른 물이나 물체에 부딪쳐서 생기
는 거품
수포[2]: '물집'의 전 용어
수포[3]: 찾아내서 체포함
수포[4]: 근심하고 두려워 함

이 말은 대체로 사람을 무겁게 하는데
와중에 희망처럼 솟아나는 말들이 있고

수포[9]: 폭포가 떨어질 때 청명한 소리
수포[11]: 물을 적셔 이마에 얹어주는 천
수포[8]: 프랑스의 시인 · 소설가, 초현실주의의 주
요 인물로 활약함
수포[12]: 슈퍼의 잘못된 발음

그렇게 수포수포 말하다보면 하루가 갔다 급식
실에서 반찬 싸서 가는 거 봤어? 운동회 땐 혼자
돗자리를 펴고 앉더라 국어 시간엔 「소나기」를 읽
다 울었대 바로 이런 사람이 서정시를 쓰는 거야,
선생님이 친구들 앞에서 등을 두드렸는데

서정^1: 서쪽을 정벌함
왼쪽 창을 보면 옆구리에 꽃이 피고

서정^2: 집 안의 서쪽에 있는 뜰
죽은 꿩을 그곳에 묻어주었지

서정^4: (불교) 서서의 승려들이 가는 변소
학교를 마치면 단숨에 달려갔던 곳

절에서 보면 모든 것에는 답이 있었다 모든 것
은 고요했고 명징했으며 모든 것은 슬픈데 아름다
웠다 그렇게 나는 한 장씩 사전을 찢었다

수학 시간엔 자리에 앉아
창을 봤다

소나기 속의 소녀가 죽은 게 아니면 좋겠어
유리에 비친 내 모습을 가만히 봤다
가장 보고 싶은 얼굴을 닮아 있었다

안개처럼 수학이 모호해지면 좋겠어
산딸기를 쥐여 줄 친구가 있으면
흙을 털고 꿩이 훨훨 날아갔으면
보호자가 있다면 너무
어렵지 않다면
나를 포기하지 않는 사람이 하나쯤 있다면

소설

김
계
피

생활 문학인.
고양이로 태어났어야 하는데
사람으로 잘못 태어났다.
청탁 및 문의: kim_kyepi@naver.com

행운의 소설

　이 소설은 18세기 영국에서 시작됐다. 어떤 천사의 글도 당신을 보호해 주지 못할 것이다. 당신은 나흘 안에 이 소설을 베껴 써 행운이 필요한 사람에게 보내야 한다. 총 일곱명, 당신을 포함한 총 일곱명의 사람들에게 이 소설을 보내야만 한다. 만약 당신이 이 소설을 전달하지 않는 경우 당신은 끔찍한 외로움에 빠져 허우적거리며 삼년 동안 불행할 것이다. 어쩌라고? 유감스럽게도 나 역시 그렇다. 이 소설을 발견했을 때 당신과 같은 소감이었다. 어쩌라고, 정말 어쩌라는 걸까. 왜 이런 일이 생긴 걸까. 대한민국의 미풍양속에 걸맞게 조상신의 운명까지 더듬어 가며 나의 신세를 돌아보기도 했으나 마땅한 이유를 찾지 못했다. 괜찮다. 기왕 이렇게 된 거 좋게 생각해 보자. 이 소설을 발견했던 당시의 나는 단편 소설 마감을 일주일 남겨 두고 있었다. 처음 청탁을 받았을 때는 다른 소설을 작업하고 있었고 그 소설이 마무리 되면 소설 한 편 정도는 금방 마무리할 수 있을 것이라고 생각했으나 착각이었다. 전업 작가가 아닌 나 같은 작가에게는 흔하게 발생하는 일이니 크게 불평할 일은 아니면서도 굳이 핑계를 적어 보자면 급작스럽게 부당 해고를 당해 이직할 곳을 찾아야 했고 아픈 고양이를 돌봐야 했으며 부모님 댁에 일이 생겨 이곳에 적을 수 없는 이런저런 일을 해결해야 했다. 주어진 시간을 낭비하고 마감을 목전에 뒀을 때 이 행운의 소설을 발견한 것이다. 그래, 이건 행운의 소설이다. 새롭게 무엇인가 생각해서 쓰는 것이 아닌, 그저 있는 소설을 베껴 쓰기만 하면 된다니! 정말이지 신이 나에게 준 기회구나 싶었다. 이 소설을 베껴 써서 편집자에게 넘기면 마감도 저주도 모두 처리할 수 있으니까. 심지어 이 소설을 베껴 써서 마감을 해결하면 생각하지도 못한 행운은 덤으로 얻는 것이나 다름없다. 그래, 나는 이 소설의 긍정적인 측면에만 집중하기로 마음먹었다. 그래, 소설만 쓰면 모든 것이 해결된다. 소설만 쓰면 모든 것이 해결된다. 여태까지 생활 문학인으로서 생활도 하고 문학도 하느라 여유 시간이 없어서 솔직히 접시에 코 박고 죽고 싶었는데 나흘 동안은, 적어도 구십육시간 동안은 소설에만 집중할 수 있는 훌륭한 핑계가 생긴 것이다. 소설을 쓰기 위해 노트북을 꺼내는 것 이전에 내가 가장 먼저 한 행동은 남은 연차를 모두 소진해 나흘의 연휴를 만드는 일이었다. 이직한지 얼마 되지 않은 회사에 당장 마감해야 하는 일이 있지만 어쩌라고? 내 알 바 아니다. 회사를 위한다고 허구한 날 새벽까지 근무해도 대체 휴무는커녕 수고했다는 말조차 없는데, 연봉도 후려치고 돈도 쥐꼬리만큼 주면서 제안서를 쉼 없이 찍어 내길 바라는 회사를 위해 나의 행운을 포기하고 싶지는 않다. 물론 나에게 그리고 당신에게는 이 행운의 소설을 미신으로 치부하고 무시하는 선택지도 있다. 그러나 이 소설을 미신이라고 치부한 미국의 무슨 케네디 대통령은 총에 맞아 죽는 불행을 누렸고 이 소설을 충실하게 믿은 영국의 젠틀맨 찰스는 은행 앞에서 수십억 파운드를 발견하는 행운을 누렸다고 하니 솔직히 미신으로 치부하기란 쉽지 않다. 고작 소설 한편 베껴 쓰지 못했다고 죽거나 죽음에 가까운 불행을 삼년 동안 누려야 하는 건 어딘가 수지 타산이 맞지 않기 때문이다. 물론 내가 바라는 행운이 로또 당첨 같은 것은 아니다. 찰스처럼 수십억 파운드까지는 아니더라도 그에 버금가는 행운이 온다는 가정하에, 하루하루 행복한 낙이 없는 나에게 수십억 파운드 가치가 있는 행운이 칠년 내내 혹은 로또 당첨같이 불쑥 찾아온다는 생각만으로도 벌써 행복하다. 부디 당신도 어쩌라고? 같은 마인드는 집어치우고 칠년의 행운을 선택하길 바란다. 당신을 위한 팁, 이 편지에는 무엇(펜)으로 어디(종이)에 어떻게(수기로) 베껴 쓰라는 말이 없다. 자세한 지시 사항은 없으니 무엇(컴퓨터)으로 어디(컴퓨터)에 어떻게(키보드로) 베껴 쓰든 중요하지 않다. 어쩌라고? 잘 생각해 보자. 그저 쓴다는 것만으로 당신의 행운과 불행이 결정된다. 이 얼마나 축복인가. 지금 당신이 읽고 있는 이 소설과 꼭 같이, 비문이나 맞춤법 같은 걸 신경 쓰지 않고, 누군가에게 당신의 재능이나 능력으로 평가 받을 걱정 없이 그저 쓴다는 절대적인 행위만으로 소설을 발표하고 덤으로 행운도 얻을 수 있는 절호의 기회인 것이다. 그래, 중세 시대에 세르반테스에 의해 쓰인 『돈키호테』가 메나르라는 소설가에 의해 일부 그대로 옮겨졌음에도 그것이 옮겨진 작품의 시대에 따라 새로운 시대적인 맥락과 의의를 갖는 것처럼 말이다. 지금이 어떤 세상인가. AI가 예술을 하는 세상에서 드디어 쓴다는 인간적인 행위로 행복을 추구할 수 있는 시대가 온 것이다. 심지어 쓴다는 행위 자체는 어려운 것도 아니다. 그저 있는 그대로 옮기면 된다. 뭐, 할 말이 많다면 나처럼 몇 문장 덧붙이는 것도 좋은 방법이겠다. 할 말이 없다면 그저 그대로, 보이는 대로, 이곳에 적힌 대로 옮기면 그만이다. 순수한 쓰기의 노동을 통해 얻을 수 있는 것은 얼마 되지 않는 고료와 놀라울 만큼 아무도 주지 않는 관심이 전부라고 생각했는데 행운이라니, 심지어 칠년이나 행운이 지속된다니. 그 강도와 빈도는 알수 없지만 아무것도 없는 나날보다는 나은 것 같다. 평가받을 일 없이, 큰 고민과 걱정 없이 순수한 쓰기만을 하는 것이 얼마만인지.

그러나 순수한 쓰기가 인간에게 정말로 가능할까? 순수한 쓰기라는 것은 누가 정의하는가. 애초에 인간이 순수하다는 것을 알 수 있는 존재일까. 솔직히 말하자면 나는 인간을 혐오한다. 인간은 선택적인 공감 능력을 가지고 있고 자기감정이나 기분 조절을 못 해 충동적으로 범죄나 범죄에 버금가는 일을 저지른다. 심지어는 그런 일을 저지른 인간들에게는 언제나 제 나름대로의 이유가 있다. 이유라는 것은 별거 아니다. 우울, 착각, 술 등에 의한 것에 불과하다. 자기 자신의 순수한 결정권이 유해한 영향을 받아 오작동했기에 아무런 책임도 없다고 언제나 말하고 생각하며 애써 회피한다. 종종 책임이 발생하더라도 대부분은 아무것도 기억나지 않는다며 상황을 모면하고자 한다. 종종보다 더 적은 확률로 우연찮게 법적인 처벌을 받더라도 그 처벌을 행동의 결과로 받아들이는 인간은 더더욱 없다. 운이 없을 뿐이다. 억울하다며 알량한 변명을 내뱉고 그렇게 내뱉어진 결백을 믿어주는 몇몇 인간들과 집단을 유지하며 산다. 인간은 언제나 그렇다. 이해와 공감이 인간만의 능력이라고 하지만 그것은 순수한 본래성을 잊고 소진된 지 오래다. 순수한 무엇인가 혹은 무엇인가를 순수하다고 판단할 능력은 어느 순간부터 인간이 판단할 수 없게 됐다. 그렇기에 순수한 쓰기도 불가능하다. 그럼에도 순수한 쓰기가 가능하다고 믿는 인간들이 있다. 바로 예술가들이다. 나는 이런 예술가들을 혐오한다. 예술가 중에서도 특히 소설가를 혐오한다. 소설가들에게 거짓말은 필수 불가결한 것으로 소설의 세계는 다른 여타 예술에 비하면 모든 것이 거짓으로 만들어지기 때문이다. 이 집단은 거짓말을 하지 않고서는 살아갈 수 없는 특성을 가지고 있다. 소설의 세계에서 살아가는 한 인물의 탄생과 성장 배경, 그리하여 소설적으로 인물이 겪는 사건들까지 모두 거짓말이다. 이때 이 모든 것들이 현실의 특정 사건을 모티프로 하고 있다고 하더라도 순수한 진리는 없다. 그저 소설가에 의해 선택적으로 각색된 것들이 주요한 원료로 쓰인 거짓말에 불과하다. 소설에서 가장 중요한 것은 이 사건이 실제로 일어났는가 하는 문제보다는 이 사건이 실제로 일어날 법한 사건인가 혹은 이 세계의 어떤 단면을 소설가가 어떤 시각이나 입장에서 조명하고 있는가의, 결국 얼마나 논리적이고 합당한 거짓말을 하는가의 문제이기 때문이다. 오죽하면 나도 소설 쓰기 수업의 테마를 거짓말로 잡았겠는가.

소설을 잘 쓰고 싶으신가요?
훌륭한 거짓말쟁이가 되면 됩니다.

그래, 어쩌면 나는 내가 가장 싫은 것일 수도 있다. 아니, 나는 내가 싫다. 내가 너무나도 싫다. 가끔은 내가 너무나도 싫어 죽어버리고 싶을 정도다. 하지만 고작 이런 이유로 죽는다면 고양이 두 마리는 누가 돌봐야 할까. 고양이를 위해서라도 나란 존재가 살아 있어야 하고 내가 살기 위해서는 우습게도 소설을 써야만 한다. 소설을 쓰는 것, 누구도 나에게 부여하지 않았지만 소설을 쓰겠다고 난리치며 내가 애써 거부하고 받아들이지 못한 세계가 너무나도 커 이제 와서 소설 쓰기를 멈추면 그간 살아온 생의 의미와 목적이 한순간에 사라질 것만 같다. 텅 빈 인간이 되고 말 것이라는 두려움이 너무나도 크다. 그것만은 피하고 싶다. 그렇기에 나라는 인간은 살기 위해서 소설을 써야 한다.

아마 대부분의 소설가들이 그럴 것이다. 누군가 특별히 부여한 것은 아니지만 스스로를 쓰지 않으면 안 되는 운명의 구렁텅이에 처넣고 스스로를 저주하고 있을 것이다. 그래, 이 더러운 운명을 저주하며 어떻게든 글을 쓰며 버티고 있을 것이다. 이처럼 스스로를 혐오하면서 주어진 삶을 이어가는 것만이 내가 할 수 있는 유일한 유머라고나 할까. 나는 나를 저주한다. 그렇기에 나는 인간을, 인간 중에서도 예술가를, 예술가 중에서도 소설가를 혐오한다. 신뢰할 수 없다. 사랑할 수도 없다. 소설가라는 족속은 정말이지 눈을 씻고 보더라도 사랑할 구석이 조금도 없는 존재다. 어쩌면 인간이 인간을 신뢰하고 존중하고 사랑하는 것보다 AI가 AI를 신뢰하고 존중하고 사랑하는 것이 더 빠를 것이다. 인간은 인간을 온전히 이해하지 못하지만 AI는 AI를 온전히 이해할 수 있기 때문이다. 인간은 언젠가 모두, 단 한 명도 빼놓지 않고 AI로 대체될 것이며 그것은 멀지 않은 날에 이루어질 것이다. 슬픈 일이라고 생각하지 말자. 이 소설을 베껴 쓰는 동안 누군가 정해 놓은 순수한 쓰기의 노동에 빠지는 것이 얼마나 즐거운 일인지 깨달아 가고 있는 당신처럼.

문학은 돈이 되지 않는다. 글을 쓰는 행위는 주기적이고 안정적인 수업이 될 수 없다. 내 주변의 작가들은 모두 프로 N잡러로 살아가고 있다. 나 역시 마찬가지다. 프로 N잡러가 되는 것은 거짓말처럼 선택이 아닌 필수다. 집에 돈이 많아서 글만 쓰고 먹고살아도 된다면, 몇 번의 출간을 거치며 운 좋게 유명 작가가 될 때까지 버텨 줄 가족이 있다면 거짓말만 잘하면서 살 수도 있지만 그것이 아니라면 소설가로 살아남기란 사실상 불가능하다. 등단하면 모든 것이 해결될 줄 알았지만 주변을 보자. 달라지는 것이 없다. 답이 없다. 어떻게든 주기적으로 안정적인 수입을 꽂아 주는 직업이 필요하다. 하고 싶은 일만 하면서 살 수 없는 것이 냉혹한 자본주의 사회의 단면이지만 소설 쓰는 것도 때로는 하기 싫은데, 자본주의의 논리로 따지면 소설 쓰기 싫은 상황에서 소설을 쓰면 누군가는 보상을 해줘야 하는데 그 누구도 어떤 보상도 하지 않는다.

아, 그래. 더 솔직하게 말해 볼까?

쓴다는 행위에 원고료 외에는 그 어떤 보상도 없다. 쓴다는 건 돈을 벌기 위한 행위가 아니다. 자기만족과 지엄한 예술적 가치 사이에 있는 무엇인가다. 예술 노동이라는 개념을 많은 예술가들이, 소설가들이 반대하고 있다. 예술 자체가 가지는 순수한 어쩌고 때문이라는데 어쩌라고. 한평생 집에 갇

혀서 밖에 못 나가도 좋으니 부디 내게 주거 비용과 식비 걱정 없는 시공간이 주어지면 좋겠다. 조건만 충족해 준다면 소설만 쓰면서 인류에 아무런 해악도 끼치지 않고서 살 수 있을 것 같다. 부디 나 같은 존재가 하루빨리 인류에서 사라질 수 있도록 AI가 본격적으로 예술 활동을 시작하면 좋겠다.

일부 인간들은 AI는 모방을 하는 것에 불과하기 때문에 순수한 창작을 할 수 없다고 주장하지만 순수한 창작, 순수한 예술, 애초에 그것이 가능한 일이었나? 설령 가능하다고 하더라도 전과자에 표절까지 하는 인간이 AI에게 순수한 창작을 운운할 자격이 있는지 잘 모르겠다. 그렇다고 인간이 늘 어쩔 수 없는 정열에 이끌려 순수한 창작 의지를 가지고 예술을 했는가? 이 문제를 따지면 그것도 아니라는 점에서 또 한 번 인간이, 예술가가, 특히 소설가가 더 싫어진다. 심지어 이 빌어먹을 순수한 창작이라고 하는 것은 예술을 평가하는 인간들의 성향, 시대적인 패러다임과도 잘 부합해야 한다. 한 번뿐인 생에서 예술만을 순수하게 하는 것은 깨어나는 것보다도 더 불가능하다. 심지어 한국에는 등단 제도도 있으니, 평가라는 것이 얼마나 귀찮고 사람을 피 말리게 하던지. 내가 쓰고 싶은 글이 아니라 평가받기에 적합한 형식의 글을 쓰고 그에 준수한 주제를 다뤄야 한다. 그것은 '너는 소설가라는 애가 이것밖에 쓰지 못하니?' 혹은 '너는 소설가면서 고작 내 마음에 드는 글도 못 쓰니?'라고 말하는 직장 상사들과 크게 다르지 않다. 불안정한 인간을 믿는 것보다, 어쩌면 예술가를 신뢰하고 소설가를 사랑하는 것보다, AI가 인류가 말하는 순수한 창작(그것이 뭔지 잘 모르겠지만)을 하는 것이 빠를 것이다. AI의 쓰기에는 고료를 지급할 필요도 아마 없을 것이다. 그들의 생존을 위해 필요한 것은 무한한 전기와 코어 탱크의 온도를 낮출 담수뿐이니, 이 냉엄한 자본주의 사회에서 생존에 특화된 예술가의 표본이라고 할 수 있겠다. 그러니 AI가 범람하기 시작한다면 인간에게 부여된 창작의 특수성이 해체되어 우리 앞에 놓이는 것은 진정한 자유일 것이다. 나는 이것을 모든 혐오 가능한 인종을 벗어난 상태라고 본다. 그래, 진정한 자유란 이런 것이다, 모든 경계가 허물어지고 혐오가 없는 상태로 돌아가는 것.

잊지 말자. 당신이 이 소설을 만나게 된 이유는 당신에게도 행운이 필요해서다. 이 소설은 일년을 주기로 세계를 돌며 행운이 필요한 사람들에게 간다. 누구도 당신의 불행을 바라지 않는다. 당신의 행운을 바라서, 다만 대가 없이 행운을 줄 수 없기 때문에 최소한의 노동을 요구하는 방식으로 당신의 행운을 기원하는 것이다. 모든 행동에는 제의적인 요소가 있기 마련이다. 힘들다고? 괜찮다. 칠년 동안 이어질 당신의 행운을 생각하라. 이 정도의 수고로움은 아무것도 아니다. 수십억 파운드를 주운 영국의 젠틀맨 찰스는 '자신을 포함한 일곱명'이라는 문장을 활용해 행운의 소설을 받는 첫 번째 사람은 자기 자신으로 설정했다고 한다. 행운이 적적해질 때 즈음이면 더 고자극의 행운이 찾아올 수 있도록 행운의 소설을 베껴 쓴 것이다. 그는 아마도 멈출 수 없었을 것이다. 쓴다는 행위 자체가 가져다주는 순수한 행운에 매료되어 행운 없이는 살아갈 수 없는 상태가 되었을 것이다. 무엇이든 과하면 좋지 않다는 말이 있지만 인간은 무엇이 과한지 아닌지 판단할 수 없다. 인간은 늘 결핍을 충족시키기 위해 행동하고 그렇기에 순전한 인간의 행위라고 하는 것은 언제나 충족되고 싶다는 욕망에서 기인된 이기적인 행동의 부산물에 지나지 않는다. 절제하고 자중하는 마음을 갖는 인간들은 아쉽게도 자본주의 사회에 어울리지 않는다. 그들에게는 유머가 없기 때문이다. 인간이라는 존재 자체에서 발생하는 아이러니함이 결여되어 있기에 어딘가 현자 같은 분위기를 풍긴다. 예를 들자면 내 정신과 선생님. 선생님은 감정 과잉인 나에 비하면 소탈한 성격의 사람이다. 이 병원은 아침 아홉시 반에 첫 진료를 시작하는데 선생님은 언제나 아홉시 사십분에 병원에 도착한다. 선생님은 늘 씩씩한 걸음으로 병원으로 들어와 과일이나 과자가 가득 담긴 장바구니를 카운터의 직원들에게 나눠 준 뒤에 병실로 들어가 진료 준비를 하고 차례로 환자를 받는다. 이런 분위기에 익숙한 환자들만이 남은 병원이라서 그런지 모두가 차분하게, 시간에 구애받지 않고 차례로 자신의 순서를 기다린다. 나는 이런 침착함이 싫었다. 이렇게 시간을 지키지 않는 선생님은 처음이기도 했고 나에게는 병원 말고도 다른 용무가 있기 때문이다. 몇 번인가 이 문제를 선생님에게 직접 항의했지만 선생님은 내가 너무 드라마틱한 성격의 인간이라며 조금 느긋해질 필요가 있다고 했다.

십분 더 기다린다고 누가 쫓아와서 죽이나요?
당신에게 필요한 건 기다리는 겁니다.

늦은 것은 본인이면서 그 와중에 내 탓을 하는 선생님이라니, 어딘가 억울했지만 틀린 말은 아닌 것 같았고 동네에 있는 정신과 중 이 병원이 제일 가까웠기에 이런 이유로 병원을 옮기기는 귀찮았다. 무엇보다도 자신이 싫다면 병원을 옮기라는 선생님에게 묘한 오기가 들었다. 어쩌라고. 내가 환자이기는 해도 돈을 내고 병원에 다니는 고객인데 왜 이런 말을 들어야 한단 말인가? 매주 정해진 진료 시간에 찾아가며 나는 선생님이 나에게 항복하기를 기다렸지만 아무것도 내 뜻대로 되지 않았다. 오히려 선생님은 나를 철저하게 항복시켰다. 어린 시절 부모님에게 사랑받지 못해 무엇이든 쉽게 이유를 붙이는 거라는, 어딘가 필요 이상으로 과장된 설명이었다. 어린 시절 부모에게 내가 받고 싶은 사랑을 받은 사람이 몇이나 될까. 애초에 인간이 인간을 사랑한다는 게 가능한 일일까. 나조차 나라는 존재가 넌더리가 나는데, 매일 아침 침대에서 눈을 뜨면 가장 먼저 아직도 내가 나라는 사실에 절망하는데, 이 생에는 조금의 행복도 가치도 없다고 느껴지는데, 매일 출근하고 퇴근하고 집에 와서 밥을 먹으며 소설을 써야 하는데, 쓰지 못한 것에 대한 죄책감에 시달리는데, 어떻게 제정신을 가지고 살아갈 수 있는지 아무도 알려주지 않는다. 학교를 졸업하고 등단을 하면 모든 문제가 저절로 해결된다고 했지만 아무것도 저절로 해결되지 않는다. 아무도 삶의 방식에 대해서 진지한 고민을 함께 나눠 준 적이 없다. 그저 살다 보면 해결될 것이라는 무책임한 말들이 전부였다. 나를 살린 것은 나였지만 나는 나의 해결책이 마음에 들지 않는다. 그렇다고 다른 선택지가 있는 것도 아니다. 어쩌라고? 어물쩍 넘어가고 싶지만 눈을 가리고서라도 살기를 선택할 수밖에 없다. 모든 순간이 나를 나에게서 떨어뜨려 놓는 결정이지만 그것조차 선택하지 않으면 먹고사는 일이 불가능하다. 예술은 먹고사는 문제에 있어 중요한 위치를 갖지 못한다. 싫다면 죽는 수밖에 없다. 죽음을 선택한다면 아무 것도 할 수 없고 그저 다음 생에 운이 좋기를 기원해야 한다. 내가 나로 존재하기도 힘든 상황에서 어떻게 인간이 감히 사랑을 하지? 자신의 생조차 책임질 수 없는 유약한 존재가, 끊임없이 선택적으로 공감하고 선택적으로 사고하며 범죄나 저지르는, 지구에서 가장 엉망진창인 존재가 사랑이라는 걸 어떻게 할 수 있지? 인간의 모든 사랑은 자기변명이며 뒤틀린 자기애에 불과하다. 그렇기에 찰스도, 이 행운의 편지를 최초로 쓴 사람도 '자기를 포함한'이라는 조건을 넣은 것이다. 자기 자신에게 영구한 행운이 오기를 바라는, 인간이라고 하는 존재는 언제나 그렇다. 자신의 영생을 위해 무자비하게 높은 무덤을 짓고 전 세계를 뒤져 불로초를 찾는 미련한 짓을 한다. 그것이 인간이며 그보다 더한 것들이 예술가다. 예술가들은 본질적으로 자신의 존재보다 오랫동안 존재할 것들을 만들어 낸다. 그 중에서도 거짓말로 모든 것을 만들어 내는 소설가가 가장 악독하다. 소설가들에게 잘못 걸린다면 당신은 죽어서도 영원히 그들의 작품 안에 박제되어 언어와 시대를 막론하고 사람들의 입에 오르내릴 것이다. 운이 좋다면 당신 주변의 인간들은 당신의 결백을 믿겠지만 대부분의 인간들은 소설가들의 거짓말로 만들어져 재현된 소설을 믿을 것이다. 운이 나쁘다면? 소설가들은 거짓말의 대가이기에 당신의 진실과 결백 따위는 중요하지 않은 상황이 펼쳐질 것이다. 믿기지 않는다고? 당신이 아는 문학 작품 중 세계적으로 유명한 작품들을 떠올려보자. 그것이 정말로 당신 혹은 당신의 세계와 무관한 거짓말로 이루어진 것인가?

◆◆◆

　숙제, 십 년 후, 나의 미래에 대해서 쓰시오.

　오늘은 그녀가 세 번째 책을 내는 날이다. 낭독
회는 지겹도록 다녔지만 어쩐지 오늘은 내가 쓴 글
을 읽기 싫다는 생각이 들어, 그녀는 씻지도 않고
침대에 누워 유튜브를 보고 있다. 아니다. 사실 이
모든 것은 거짓말이다. 그저 바람일 뿐이다. 인간
의 바람은 가장 내밀하다고 하지만 내밀함은 언제
나 거짓말의 형태로 발현되곤 한다. 십 년 후의 나
의 미래에 대해서 쓴 뒤 진짜 십 년 후인 지금? 그
런 일이 없다. 다닐 생각이 전혀 없던 회사에 취직
했고 어쩌다가 보니 기획 작가로 일하고 있다. 어
느새 내 가치를 연봉으로 환원해서 말하는 일에도
익숙하다. 회사에서도 종종 소설을 쓰기도 하지만
매일 쓰지는 못한다. 퇴근해서 카페에 가야지, 하고
출근길에 노트북을 챙겨 나오더라도 막상 퇴근 이
후 카페에 가면 묘하게 기운이 빠져 글을 쓰기 힘
들다. 어렵게 집중해서 몇 자 적고 나면 어느새 해
는 저문다. 차가운 샌드위치로 저녁을 해결하고 집
으로 가 씻고 난 뒤에 다음 날의 출근을 준비하고
잔다. 어쩌다가 이렇게 됐는지 모르겠다. 그저 쓰

고 싶을 뿐인데, 이게 그렇게 어려울 일인가. 아무
것도 미워하지 않고 그저 있는 그대로 살아가고 싶
을 뿐이다. 하고 싶은 것만 하면서 살겠다는 철없
는 각오도 많은 돈을 바라는 것도 아니다. 그저 쓸
시간이 필요하다, 무엇을 혐오하는 게 아니라 왜
이렇게 됐는지, 대상에게 시선을 부여하고 입장을
부여하며 조명할 시간이 필요하다. 물론 남들에게
손 벌리지 않고 살 만큼의, 종종 카페에 가서 글을
쓰며 시간을 보낼 정도의, 고양이들의 사료와 모래
를 살 때 내 식비를 고민하지 않아도 될 만큼의 돈
도 있어야 한다. 소설로는 내게 필요한 돈을 벌 수
없다. 쓰지 마. 안 쓴다고 누가 널 죽이는 건 아니
잖아. 소설가라는 종은 자본주의 시대의 흐름에 역
행하는 존재고 역행하는 존재들은 퇴화해 역사 속
에서 지워진다. 어쩌면 나는 퇴화하는 중인 것 같
다. 하루는 나를 긍정하고 다른 더 많은 하루에는
나를 부정한다. 기억하자. 이 소설을 버리거나 태우
는, 어찌 되었든 훼손하는 행위를 해서는 절대 안
된다. 하지만 나를 태우거나 훼손하는 것은 상관없
다. 힘들겠지만 좋은 게 좋다고 생각하자. 아무리
싫어도 아무튼 당신은 살아서 이 소설을 쓰고 있
고, 당신이 쓴 소설은 인류에 큰 해악 대신에 행운

이 꼭 필요한 사람들에게 찾아가 잊지 못할 행운이
될 것이다.

소설

정
지
돈

소설가. 에세이, 비평, 시 등 여러 종류의 글을 쓴다.

행성의 조수

최상의 문학은 호구의 문제에 사로잡혀 있다. 호구들에게 우주적이고 백과사전적이며 인식학적 차원을 부여함으로써 그야말로 초월적인 물음, 즉 "어떻게 호구 잡히지 않는 것이 가능할까?"로 나아간다.

—발터 벤야민, 「카프카와 현대」

서키는 만든 이의 조야함이 여과 없이 보이는 노림수와 욕망이라고 부르기에도 하찮은 욕심, 질투, 절망이 현저히 드러나는 작품을 좋아한다. 이런 예술을 좋아하는 걸 나쁜 남자에게 끌리는 종류의 욕망과 유사하다고 할 수 있을까. 아직도 나쁜 남자라는 형상이 인기 있을 리 없지만, 이러한 욕망은 단순히 그 시절의 표상이 담지한 남성중심주의적이고 가부장적인 이데올로기 때문이 아니라, 파멸을 향한 인간의 본성 때문에 존재했었던 거라고 서키는 생각했다.

그래서 파트너인 제군과 속초 영랑호의 타운하

행성의 조수　99

우스에 있는 카터 형의 작업실에 방문했을 때 서키
는 이거야말로 찾아 헤매던 박사 논문 주제라는 걸
깨달았다.

카터 형은 제군의 지인으로 수학을 전공하고 아
버지가 소개해준 증권사에 몇 개월 다녔지만 작가
로 방향을 전환한 인물이었다. 호감 가는 인상에
든든한 체구를 가진 카터 형은 생긴 것과 달리 소
심하고 우유부단한 인물이었다. 그는 전형적인 강
남 부잣집의 막내아들로 태어나 경제적 여유를 배
경으로 여러 일과 취미를 전전했고 때문에 잔재주
가 많았다. 그는 시간도 많아서 사람들은 그를 여
기저기 불러다 쓰고 이용하고 베껴 먹었다.

서키는 서울에서 몇 번 카터 형과 마주쳤지만
그의 작업을 본 기억은 없었다. 아무도 카터 형의
작업에 대해 얘기하지 않았다. 카터 형의 개인전에
다녀온 제군에게 어땠냐고 물었을 때, 제군은 어깨
를 으쓱했다. "현대 미술이지 뭐."

"속초에서 뭐 하고 지내요?"

제군이 묻자 카터 형은 두 주먹을 불끈 쥐고 새
도복싱을 하며 "작업"이라고 말했다.

"서핑도 해요?"

"서핑?" 의외의 질문이라는 듯 카터 형은 눈썹을

찌푸렸다. "아니. 물을 무서워해서."

　카터 형은 어릴 때 부모님과 묵었던 호텔 수영 장에서 익사할 뻔한 기억을 얘기했다. 알코올 중독 자인 그의 어머니는 그를 성인용 풀에 던져 놓고는 칵테일 잔을 들고 사라졌다. 배가 불룩해질 정도로 물을 먹은 카터 형이 풀의 표면으로 둥실 떠올랐 고, 그 모습을 본 안전 요원이 풀로 뛰어들었다.

　"미국 영화에 나올 법한 일화네요." 서키가 말 했다.

　"어떤 미국 영화요?" 카터 형이 물었다.

　"폴 토마스 앤더슨?"

　"흐음. 매그놀리아는 명작이죠." 카터 형이 허공 에 주먹질을 했다.

　"글쎄요." 서키가 고개를 저었다. "그 영화는 너 무 과대평가 됐죠."

　카터 형의 타운하우스에서 본 그의 영상 작업 〈Water〉는 보는 이를 슬프게 만드는 요소가 풍부 했다. 풍부하다는 수사가 어울리는지 모르겠지만 아무튼 그랬다. 1970년대 뉴욕 아방가르드 필름에 서 영향받은 요소를 짜깁기한 게 분명한 그의 작업 은, 그가 직접 쓰고 녹음한 대사로 인해 그 슬픔이 절정에 달했다.

"슬프네요." 서키가 말했다.

"그렇게 말씀해 주시니 기쁘네요." 카터 형이
말했다.

카터 형은 서키의 슬픔을 애수 어린 감정, 작품
을 보고 난 뒤 파도처럼 밀려오는 감동의 일종으로
받아들인 게 분명했다. 서키의 코멘트는 그것과는
정반대의 의미였지만 오해의 여지가 있었다. 못 만
들어서 슬프다고 말하지 않고 그냥 슬프다고만 말
했으니 말이다. 못 만들어서 슬프다는 말을 어떻게
면전에 대고 할 수 있겠는가.

평소의 서키는 면전에 대고 작품이 구리다는 말
을 할 수 있는 유형의 사람이었다. 이번엔 카터 형
이 마음에 들어 참았을 뿐이다. 서키는 본인이 싫
어하는 작품들, 이를테면 야심만만한 대가의 범작
이나 전형성에 부합하는 매끈한 작품을 보면 무슨
수를 써서라도 단점을 찾아내 깎아내렸다. 그 때문
에 그는 냉혹하기로 이름 높았다. 어지간하면 괜찮
다고 하는 작품들만 골라서 비난했으니 그럴 법도
했다.

서키와 제군은 그날 밤 카터 형의 손님방에서
잤다. 서키는 술에 취해 곯아떨어진 제군을 두고
방에서 나와 카터 형의 방으로 들어갔다. 카터 형

은 주저했지만 서키를 안고 키스했다. 하지만 다시 거부했다. 이건 옳지 않은 것 같아라고 했던가.

"시시한 새끼." 서키는 어깨를 으쓱하고 방으로 돌아갔다.

서키와 제군은 다음 날 서울로 떠났다. 그리고 일주일 뒤 서키는 속초로 와서 카터 형과 잠을 잤다. 둘은 매주 금요일 밤마다 함께 있었다. 반년 뒤 카터 형은 속초 생활을 접고 서울로 돌아왔다. 서키가 제군과 헤어지겠다고 했기 때문이었다. 하지만 서키는 헤어지지 않았다. 대신 그는 카터 형에게 5천만 원을 빌렸다. 제군과 동거할 집의 전세금이 부족했기 때문이었다.

서키의 박사 논문 가제는 "낭만적 호구와 문학적 손해: 희생 관념의 역사적 변천으로 톺아본 인간의 욕망 구조"였다. 희생이라는 가치가 종교와 봉건제도, 시장경제 등 지배 구조와 길항하며 변모해 온 위상을 추적함으로써, 궁극적으로는 사회관계의 본질적 요소로 호명되는 호구라는 형상을 탐구하는 것이 목표였다.

물론 지도 교수에게 호구를 연구하는 게 목적이라는 말은 하지 않았다. 호구라는 말 자체가 연구 대상으로 삼기에는 모호하고 부적절했다. 사회학이라면 모를까 문학 연구의 대상이 되기엔 역사성과 진정성이 결여되어 있지 않나? 하지만 서키의 지인들은 그의 연구를 반겼다. 평소 서키의 글쓰기 스타일을 상상하면 흥미진진한 연구서가 나올 게 틀림없었다. 바보, 루저, 겁쟁이, 인간의 어리석음과 아둔함을 대상으로 한 연구는 많았다. 반면 호구에 대한 연구는 없었다.

"호구 조사를 하겠다는 거구나."

서키의 이야기를 들은 카터 형이 껄껄 웃음을 터뜨리며 말했다.

호구 조사. 서키가 연구 주제를 말하고 난 뒤 백 번은 들은 농담이었다. 카터 형은 서키의 머리를 쓰다듬으며 말했다.

"호구 호구."

서키의 표정이 저절로 썩었지만 카터 형은 눈치채지 못했다. 그는 눈치랄 게 없는 사람이었다. 평생 눈치를 안 보고 살아도 됐으니 그렇겠지만, 그것만이 요인은 아닐 것이다. 이 정도 나이에 사회생활도 했는데 아무리 철없는 부잣집 막내아들이라도 최소한의 눈치는 있어야 했다.

'유전자가 문젠가…' 서키는 생각했다. 그럴수록 카터 형이 더 안쓰러웠고 사랑스러웠다.

"아, 생각났다. 네 논문에 진짜 어울리는 문학 작품."

"뭐?"

"아낌없이 주는 나무."

카터 형이 말했다.

"오." 서키가 고개를 끄덕였다. "생각 못 했는데 좋다."

"나 도움됐어?" 카터 형이 서키를 살짝 안으며 말했다. 서키가 고개를 크게 끄덕였다.

"그럼 제군이랑은 언제 헤어져?" 카터 형이 말했다.

서키의 표정이 굳었다.

"지금은 논문에 집중해야 할 것 같아."

"아, 맞다. 미안."

카프카 위성

서키는 가끔 구구의 유령에게 있었던 이야기를 들려주었다. 소설이나 시를 써서 낭독해 주기도 했고 편지를 쓰기도 했다.

구구는 서키의 전 남친이자 대학원 선배였다. 그

는 술 취한 지도 교수가 운전하는 차에 탔다가 교통사고로 사망했다. 그 차에는 서키도 함께 타고 있었다.

지도 교수는(편의상 그를 지도라고 하자) 문화부 장관 내정자였다. 그는 서키에게 구구가 운전한 걸로 하자고 말했다. 서키는 처음에는 완강히 거부했지만, 어둑한 프로비던스의 5번 국도 노변에서 지도의 말을 듣고 있자니 안 될 것도 없다는 생각이 들었다. 지도가 말했다. "탈레스는 삶과 죽음에 아무런 차이도 없다고 했지 않니." 그러자 누군가 탈레스에게 "그럼 왜 당신은 죽지 않았소?"라고 물었다. 탈레스는 이렇게 답했다. "죽으나 사나 아무 차이가 없기 때문이오."

서키는 데리다의 『우정의 정치학』에 실린 키케로의 제사를 떠올렸다. "……그리고 더 말하기 어려운 것은, 살아 있는 죽은 자들이다." 그렇다. 죽은 자들은 우리 안에 살아 있다.

"구구의 죽음을 헛되게 하지 말자고." 지도가 말했다. 그는 서키의 앞날을 약속했다. 내가 학교를 떠나도 학계에서 너의 커리어는 보장해 주겠다.

서키와 지도는 목이 덜렁거리는 구구의 시체를 운전석으로 옮겼다. 안개가 자욱이 깔린 도로 위로

고라니 한 마리가 걸어 나왔다. 서키는 오늘을 잊을 수 없으리라 생각했다.

하지만 현실은 반대였다. 서키의 기억 속에서 그날은 갈수록 희미해졌다. 디테일이 떠오르지 않았고 감정은 옅어졌다. 그토록 강렬한 기억인데 꿈처럼 모든 게 아득해졌다.

대신 구구가 유령이 되어 서키의 곁을 맴돌기 시작했다. 구구에겐 어떤 원한도 없었다. 구구는 생전에 그랬던 것처럼 순한 얼굴로 서키의 주변을 떠다니며, 서키의 고민을 들어주고 연구의 방향성에 대해 의논했다. 자신이 죽었다는 사실을 전혀 모르는 것처럼, 지도와 서키가 그에게 죄를 덮어씌웠다는 것을 모르는 것처럼 유령은 맑고 투명했다.

서키는 구구에게 자신이 쓴 메모를 읽어 줬다.

"봐. 벤야민은 카프카의 인물 중에 조수가 가장 중요하다고 생각했어. 카프카가 좋아한 발저의 소설 『조수』에 나오는 것 같은 미숙하고 서툰 사람들 말이야. 카프카는 그들을 죽은 자들이라고 생각했어. 살아 있지만 죽어 있는 사람들. '가능한 한 공간을 적게 차지하는 것이 그들의 야심이었다. 이를 위해 그들은 팔다리를 끼기도 하고 서로 쪼그리고 앉는 등 여러 가지 시도를 했다. 어스름한 저녁이면 그들이 있는 구석에는 단지 커다란 실뭉치 하나만 보였다.' 아비탈 로넬은 카프카가 자신의 인물들에게 이렇게 명령했다고 써. '어떤 르상티망의 작동도 결코 허용하지 마라.' 아버지를 살해하고 주인, 상급자, 사회에 저항하고 복수하는 건 쉬운 일이야. 어려운 것은 그것들을 수용하는 일이지. 수용하는 정도가 아니라 더 희생하는 거야. 복종하고 납작 엎드리는 거야. 윙윙 소리를 내며 돌아가는 처형 기계에 몸을 내맡기고 서서히 다가오는 죽음을 받아들이는 거지."

　서키는 구구의 유령이 논문의 주제를 만족스러워한다는 걸 알고 기뻤다. 유령은 기분이 좋을 때으레 그렇듯 윤곽이 짙어지고 귀와 코에서 엑토플라즘을 뿜어냈다.
　"제군이 결혼하자는데 어떻게 생각해?"
　서키가 말했다. 별안간 구구의 유령은 침울한 표정을 지으며 윤곽이 희미해졌다.
　"카터 형은 어쩔 거냐고? 글쎄. 결혼식 사회를 봐달라고 할까? 잘 볼 것 같은데."

　카터 형이 가장 사랑하는 소설은 『위대한 개츠

비』였다. 카터 형은 소설을 좋아하지 않았고 끝까지 읽은 소설은 손에 꼽았다. 서키가 추천해 준 책들을 가끔 손에 들었지만 이해할 수 없는 글자들이 꼼지락대며 페이지 위를 기어가는 것 같았다.

반면 『위대한 개츠비』는 읽을 때마다 행복했다. 눈물이 흘러내렸다. 개츠비의 장례식 장면을 떠올려 보라. "아무도 안 왔습니다." 카터 형은 그의 쓸쓸한 최후에, 허망한 종말에 깊이 감정을 이입했다. 개츠비는 예술과 아무런 관련이 없는 인물이지만 그의 삶은 궁극의 예술이었다. 그를 창조해 낸 스콧 피츠제럴드가 진정한 작가이기 때문이리라.

카터 형은 테슬라에 서키를 태우고 강변북로를 탔다. 10분 뒤 그들이 탄 차는 한강대교 아래의 공원 주차장으로 들어서고 있었다. 처서가 지나고 한결 가볍고 서늘해진 바람이 차창 안으로 들어왔다. 늦은 밤이었고 공원에는 사람이 보이지 않았다. 바닥은 축축이 젖어 있었고 강 건너편 불을 밝힌 빌딩들은 운무에 가려 습기 찬 거울 속에 들어 있는 것처럼 보였다.

테슬라의 시동을 끈 카터 형과 서키는 한동안 가만히 앉아 있었다. 둘은 명목상 서키의 박사 논문을 받기 위해 만났다. 하지만 카터 형은 청첩장을 받게 되리라는 것을 알고 있었다. 박사 논문과 청첩장. 카터 형은 일어나는 일은 일어나는 대로 받아들여야 한다고 생각했다. 그는 아버지가 어린 시절 한 충고를 되새겼다. "누군가를 비판하고 싶을 때는 이걸 꼭 기억해라. 세상 사람이 모두 너처럼 유리한 입장에 있는 건 아니다."

서키는 검은색 하드커버에 금박으로 제목이 쓰인 논문을 건넸다. 내지에는 메시지와 사인이 있었다.

'나의 K에게'

카터 형은 연한 우윳빛 종이를 천천히 넘겨보았다. 거의 모든 페이지에 주석이 있었다. 그가 이름만 들어본 학자와 예술가, 작품들이 가득했다.

"내가 K야?"

"글쎄."

서키는 어깨를 으쓱하며 청첩장을 꺼냈다. "결혼식 사회 봐줄 수 있어?"

청첩장을 받은 카터 형의 얼굴이 붉게 달아올랐다. 서키의 말이 농담인지 진담인지 알 수 없었다. 청첩장은 단순했다. 판에 박힌 문구와 이름, 날짜, 장소.

"못 할 거 없지."

카터 형이 짐짓 웃음을 머금고 말했다. 하지만

말하고 난 뒤 곧바로 후회했다. 화를 냈어야 하는 타이밍이라는 생각이 들었다. 서키에게 한 번도 화를 내거나 불만을 말한 적이 없었다. 그게 결정적인 패착이었다고 카터 형은 생각했다.

어쩌면 서키는 내가 분노를 표출하기를 바라는지도 모른다. 감정은 사랑의 증거니까. 나를 떠보려고, 시험에 들게 하려고 미끼를 던진 건데, 나는 호구처럼 가만히 앉아 있기만 한 것이다. 카터 형은 서키의 의도를 파악하기 위해 서키의 얼굴을 쳐다봤다. 서키는 앞을 보고 있었다. 서키의 옆모습에선 아무것도 느껴지지 않았다. 서키는 자신을 뚫어져라 쳐다보고 있는 카터 형 따위는 안중에도 없다는 듯 밖을 보고 있었다.

"저기 뭐가 있어."

"뭐?"

"저기."

서키가 한강 둔치를 가리켰다.

그때였다. 카터 형이 서키를 때린 것은. 카터 형이 오른손으로 서키의 얼굴을 쳤다.

"아…"

불의의 일격에 놀란 서키가 고개를 숙이며 코와 입을 감싸 쥐었다.

카터 형은 자신이 저지른 일이 스스로도 믿기지 않는 듯 멍하니 있었다. 카터 형의 동작은 그가 평소 자주 하는 섀도복싱 같은 주먹질이 아니었다. 그렇다고 따귀를 때린 것도 아니었다. 허우적대며 손을 휘두른 것에 가까웠다. 때려야 한다는 의지와 한번도 그런 행동을 해본 적 없는 미숙함과 주저함이 어우러져 이상한 몸짓을 만들어 냈다.

그러나 카터 형의 손은 크고 두꺼웠고 서키의 살결을 스치기만 해도 고통을 줄 수 있었다. 서키는 고개를 숙이고 코와 입을 움켜쥐었다.

"씨발…"

서키의 입에서 작게 욕이 새어 나왔다. 사람에게 얼굴을 맞은 건 처음이었다. 놀랍고 당황스러웠지만 마음은 믿을 수 없이 차갑게 가라앉았다.

서키는 차 문을 열고 밖으로 나갔다. 카터 형도 서키의 뒤를 따라 나왔다.

"잠깐만."

카터 형이 서키를 불렀지만 서키는 한강 둔치 쪽으로 걸어 나갔다. 서키의 코에서 흐른 피가 바닥에 자국을 남겼다. 카터 형이 달려가 서키를 붙잡았다.

"지혈해야 해."

서키는 대답하지 않고 강 쪽을 가리켰다. "저거 보라고. 저게 뭐야?"

서키가 떨리는 목소리로 말했다. 카터 형은 그제서야 서키가 가리키는 걸 볼 수 있었다. 한강 변에 사람 같은 검은 형체가 서 있었다. 검은 형체는 동상처럼 꼿꼿이 서서 그들을 바라봤다.

등골이 쭈뼛했다. 검은 형체는 천천히 몸을 돌려 물 안으로 미끄러지듯 들어갔다.

"가까이 가 봐."

서키가 말했다.

카터 형이 서키를 쳐다봤다. 서키의 눈은 검은 형체에게 고정되어 있었다. 손은 여전히 코를 잡고 있었다. 카터 형은 고개를 끄덕이고 한강 쪽으로 걸어갔다. 공포심이 그의 뒷덜미를 타고 올라왔지만, 서키에 대한 죄책감이 그를 앞으로 잡아끌었다.

물 속으로 들어간 검은 형체는 고개만 내밀고 카터 형을 쳐다보고 있었다. 카터 형은 쇠뭉치로 명치를 얻어맞은듯 숨이 막혀오는 걸 느꼈다. 공포로 구역질이 날 지경이었다.

한강 바로 앞까지 간 뒤에야, 카터 형은 검은 형체가 수달이라는 사실을 알 수 있었다. 한강대교의 조명 아래 수달의 피부가 반질반질 윤이 났다.

"수달이야."

카터 형이 맥이 풀린 목소리로 외쳤다.

서키는 자리에 우두커니 서 있었다. 카터 형은 다시 한번 수달이라고 외치려고 했다. 그런데 목소리가 나오지 않았다. 그의 옆에 누가 있었다. 희미한 형태의 사람이 촛불에 흔들리는 그림자처럼 서서 그를 쳐다보고 있었다. 구구의 유령이었다. 구구의 유령은 눈과 코와 입에서 점액질을 줄줄 흘리며 카터 형을 쳐다봤다.

놀란 카터 형이 비명과 함께 뒷걸음질 치다 강에 빠졌다. 수영을 못하는 카터 형의 팔다리는 나무토막처럼 굳어서 허둥댔고 얼굴은 수면 아래로 가라앉았다. 빛과 소리가 굴절되고 왜곡되어 사방으로 흩어졌다. 입과 코로 차갑고 검은 액체가 쏟아져 들어왔다.

곧 어둠이 찾아왔다.

카터 형은 어둠 속에서 목소리를 들었다. 과거의 목소리, 후회와 회한으로 가득한 내면의 목소리였다. 결혼식 사회를 봤어야 해. 목소리가 말했다. 그건 기회였을지도 모른다고, 서키에게 내가 어떤 사람인지 보여줄 수 있는 유일한 기회였을지도 모른다고 말했다. 사랑을 증명하고 요구하는 게 아니라, 그것보다 훨씬 큰 무엇, 대가나 교환 가능성과 무관한 존재 자체에 대한 증명. 사랑은 축소된 개념이다. 카터 형은 편안한 감각을 느끼며 검은 물 아래로 가라앉았다. 아쉬운 게 있다면 서키에게 지금 자신의 생각을 말하지 못했다는 것뿐이었다.

그때 누군가 겨드랑이 사이로 팔을 끼워넣는 게 느껴졌다. 정신을 차릴 사이도 없이 카터 형의 몸이 위로 끌어올려졌다. 그의 몸은 이미 축 처진 상태였으므로 허우적대지 않았다.

서키는 카터 형을 둔치로 끌고 나왔다. 인공호흡을 서너 번 하자 카터 형이 컥컥 소리와 함께 물을 뱉어냈다. 탈진한 서키가 카터 형의 옆에 주저앉았다. 구구의 유령이 밤하늘을 맴돌고 있었다.

"뭐? 친구가 생길 뻔했다고?"

구구의 윤곽이 희미해지고 짙어지길 반복했다.

"그래. 그렇지만 둘은 너무 많아." 서키가 말했다.

정신을 차린 카터 형은 울고 있었다. "엄마는 나를 버리고 갔어." 그가 울먹거리며 말했다. "하지만 너는…" 서키는 카터 형의 말에 대답하지 않고 코를 만졌다. 피는 멎었지만 콧등이 부어올라 있었다. 수달은 여전히 고개만 내밀고 물 속에 있었다.

"수달이라니, 씨발." 서키가 고개를 저었다.

소설

이
나
리

혼자서 글을 씁니다. 썼다가 고칩니다. 고쳤다가 지웁니다. 그리고 다시 씁니다. 날마다 수명이 줄어들어서 오래 살 방법을 고민합니다. 고민을 다시 글로 남깁니다.

2014년 문학동네 신인상 수상
2021년 소설집 『모두의 친절』 발간

소박한 뼈

　화장터가 정전되었다는 소식은 아침부터 들려
왔다. 처음에는 기계 설비에 문제가 생겼는지 전원
이 자꾸만 꺼진다고 했다. 그러다 결국 건물 전체
정전으로 이어지고 말았다. 복구는 쉽지 않았다. 비
오는 날이라서 더 어려운 듯했다.

　"정전 복구했답니다."

　장례 업체 직원이 긴 통화를 마치고는 한숨 돌
렸다는 듯이 우리에게 전해주었다. 아빠는 직원을
향해 고개를 끄덕인 것으로 대답을 대신했다. 직원
은 앞쪽의 버스 운전기사와 대화를 주고받기 시작
했다. 버스 소음이 워낙 커서 그들의 대화 소리는
우리 쪽까지 전해지지 않았다. 일 이야기겠지. 나는
막연하게 생각하며 창밖을 쳐다보았다.

　모처럼 내리는 반가운 비였다. 연일 높은 기온을

경신하고 있는 여름 한가운데였다. 평소라면 지열이 식을 거라는 생각에 좋기만 한 비일 텐데. 지금은 언짢고 짜증 나는 비일 뿐이었다. 고온에 더해지는 높은 습도는 힘들기만 할 뿐이었다.

"화장터에 무슨 정전이고."

차 안에서 아빠가 말했다.

"상관있나?"

나는 아빠를 향해 물었다. 화장터에서 일어난 정전이 우리의 장례에 영향을 미치는 건지 궁금했다.

"그럼 장작으로 지피는 줄 알았나."

아빠는 퉁명스레 내게 대답했다. 생각해 보니 아빠 말이 맞았다. 화로는 전기로 가동하겠지. 그런데 정전이라니. 역시 우리의 장례에 영향을 주겠구나. 좀 더 답답해졌다. 괜히 창밖을 쳐다보며 빠른 속도로 바뀌는 풍경을 응시했다. 멀미가 나려나. 속이 울렁거렸다.

장례 업체에서 제공한 버스는 너무 낡아서 끊임없이 덜컹거렸다. 이 소형 버스에 달랑 세 명이 탄 바람에 무게감이 없어서 더 그런가, 하는 쓸데없는 생각을 해보았다.

엄마는 하필 삼복더위에 갔다. 그래도 내가 방학

중이라 다행이라고 해야 하나.

강의 일정을 미루어 봤자 어차피 보강을 해야만 했다. 세상은 삼일장이니 오일장이니 하며 개인의 초상을 애도할 방안을 마련해 두었지만 내겐 허황된 규칙으로 느껴졌다. 시급으로 벌어먹고 사는 시간강사에게 충분한 애도는 사치였다. 애도 뒤에 후폭풍으로 오게 될 보강 일정이 더 숨 막혔다. 그래도 누군가는 장례 절차를 치러야 하고, 상주가 되어야 한다. 수많은 결정을 내려야 하고 그에 따른 돈을 계산해야 한다.

엄마가 이때 가지 않았다면 아마도 나는 수업을 휴강 처리한 후, 수백 가지의 결정을 내리고 필요한 돈을 지불하고 난 뒤, 아는 사람들의 위로를 받으며, 충분히 슬퍼하는 모습을 보이는 것과 동시에 눈물을 그치고 육개장을 내어 주어야만 했다. 그 후에는 몸과 마음을 추스릴 새 없이 기력만 겨우 회복하고 수많은 학생들과 보강 일정을 잡아야겠지. 그 사이 내 모든 규칙은 어그러지고 건강한 수면 시간을 챙길 수 없는 무리한 일정표를 완성하게 될 것이다.

그러니 아예 그런 걸 생각지 않아도 되는 방학 기간 중의 초상은 편하다고 말할 구석이 있는 셈이다. 엄마의 사망 소식에 제일 먼저 생각한 내용이 고작 이런 거라니.

엄마가 몰라서 다행이었다.

덜컹거리는 소형 버스 진동을 더 이상 버티지 못하겠다 싶을 때쯤, 화장터에 도착했다. 온몸이 욱신거렸다. 화장터 입구에는 요금 안내문이 커다랗게 붙어 있었다. 다영과 나 그리고 아빠는 커다란 요금 안내문 아래에서 우리에게 해당되는 금액을 찾고 있었다. 동행한 직원에게 들은 금액과는 조금 차이가 났다.

"따져 볼까?"

다영이 직원 쪽을 힐긋 쳐다보며 물었다.

"화장비로 따지는 것도 너무 볼품없지 않아?"

나는 다영에게 대답하며 금액을 다시 확인했다. 장례 업체로부터 파견된 직원은 화장장 직원으로부터 인계받은 서류들을 챙겨 우리 쪽으로 다가오고 있었다. 혼자서 일을 다 처리하다 보니 정신없어 보이긴 했다. 우리가 워낙 소규모의 장례를 치르고 있는 터라 업체는 단 한 명의 직원만 우리에게 보내주었다. 직원은 나보다도 어려 보이는 남자였다. 노련해 보이려고 애쓰지만 이따금 부자연스러운 앳된 표정이 드러나곤 했다. 부산한 행동이나 서툰 말투로 보아 초짜가 틀림없었다.

"쟤도 힘들어."

한참이나 말이 없던 아빠가 나직하게 말했다. 아빠의 말에 다영은 직원에게 따지려던 기세를 진정시켰다. 우리는 화풀이 상대가 필요했다. 그래도 그걸 저 직원을 상대로 해선 안 되지. 나도 다영을 가라앉히려 노력했다.

엄마는 이틀 전에 돌아가셨다. 엄마의 몸은 하루하고 반을 더 영안실에 있어야 했다. 화장장 예약이 다 차버린다는 건 생각지도 못한 변수였다. 장례 업체 직원은 당황하며 인접한 다른 도시의 화장장을 알아보았다.

"사람이 이렇게 많이 죽는다고."

아빠는 작게 중얼거렸다. 믿기 어렵지만 이 도시에 빈 화구가 없는 건 사실이었다. 애써 다른 방안을 찾아낸 게 한 시간 반 거리의 다른 도시였다.

우리 셋은 고개를 치켜들어 커다란 요금표를 쳐다보았다. 관내 요금과 관외 요금이 달랐다. 우리는 관외 요금을 지불해야만 했다. 관내보다 세 배는 더 비쌌다.

"환급된답니다."

직원이 우리를 향해 황급히 대답했다.

"댁에 돌아가셔서 구청에 신청하시면 됩니다."

어색하게 웃고 있는 지원의 이마에 땀에 젖어 반들거렸다. 저 정보를 알아 오기 위해 애썼을 노력이 느껴지는 듯했다. 그래. 우리 도시에서 갑자기 많이 죽은 게 당신 탓은 아니지. 나는 엉뚱한 사람에게 화풀이를 하지 않기 위해 한숨을 내쉬었다.

이내 1층 전광판에 엄마의 이름이 떴다. 끝나는 시간은 두 시간 반 뒤였다. 직원은 우리에게 화장이 끝나면 건물 전체에 안내 방송이 나온다고 설명했다. 그러니 편히 계시라는 말을 덧붙였다.

"편하겠냐."

2층 계단을 오르며 다영은 나에게 작게 속삭였다. 나는 웃음이 터졌지만 애써 참았다. 화장장의 2층은 유족 대기실이기 때문이다. 여기서 잘못 웃으면 미친년 취급받기 딱 좋았다.

유족 대기실은 3호까지 있었고, 우리 방은 2호였다. 1호에 있는 유족은 얼핏 보아도 열댓 명은 되었다. 복도를 지나가며 본 1호 방은 꽉 차 보였다.

안내받은 2호 방의 문을 열었다. 방은 네모반듯했다. 아빠와 다영은 방에 들어서자마자 편한 자리를 찾아 몸을 기댔다. 두 사람은 방의 모서리를 하나씩 차지하며 등을 맡겼다. 방은 너무 크고 넓어서, 나란히 앉은 아빠와 다영 사이의 거리는 관 하나만큼 멀었다.

나는 바로 앉지 못하고 에어컨 전원을 찾기 위해 눈으로 벽을 훑었다. 아빠와 다영은 연신 손 부채질을 해댔다. 땀과 유분으로 두 사람의 이마가 반들거렸다. 내 등줄기로도 땀방울이 흘러내리는 느낌이 선명했다. 블라우스의 앞섶을 펄럭대며 더위를 버티기 위해 노력해 보았지만 허사였다. 잘 입지 않던 흰색 블라우스라 그런지 팔뚝에 달라붙고 낀다는 느낌이 들었다. 다이어트에 성공한 게 불과 두 달 전이었다. 그 사이 살이 쪘다고는 믿고 싶지 않아서, 나는 옷의 소재를 계속 탓했다. 발목까지 오는 검정 슬랙스도 문제였다. 신축성이 없는 바지는 앉았다 일어날 때면 허벅지 부분이 팽팽하게 땅겼다. 천이 맨살에 휘감길 때마다 더운 기운이 온몸을 뒤덮었다. 더워 죽겠다, 하고 중얼거렸다. 하루 종일 입에 달고 살았다. 여하간 내 복장이 더위를 나기에 적절한 차림은 아니라는 말이다.

이제 막 중복이 지났다. 흔히 여름날을 '삼복더위'라고 표현한다. 그 중에도 가장 더운 '중복'이니

덥다는 말로는 부족할 정도의 기온이었다. 에어컨 전원은 출입구의 경첩 근처에 있었다. 온 방을 샅샅이 둘러봐도 안 보이더니 열린 문 바로 뒤에 숨어 있었다. 문을 바깥쪽으로 열리도록 만들든지, 전원을 다른 쪽 벽에 설치하든지. 그것도 아니면 리모컨을 주든지. 나도 모르게 투덜거리는 소리를 내며 에어컨을 가동했다. 차가운 공기가 천천히 내리깔렸다.

"화장터는 뜨거워야 제맛, 그런 건가."

더워 죽겠다는 내 혼잣말에 대답하듯 다영이 말했다.

다영이 갑자기 소리를 빽 질렀다.

"왜 그래?"

나는 놀라서 몸을 일으켰다. 다영은 자신의 핸드폰을 들여다보고 있었다.

"미친놈이…."

다영은 욕을 하다 말고 갑자기 깔깔거리며 웃었다. 나는 다영 쪽으로 다가가 핸드폰 화면을 들여다보았다. 카카오톡으로 주고받은 메시지가 보였다. 나는 화면에 표시된 제일 마지막 메시지를 확인했다.

"이게 뭐야?"

나는 마지막 메시지를 가리키며 다영에게 물었다.

"치킨 기프티콘 취소했어."

"누가?"

"남친이."

"왜?"

"헤어져서."

다영이 깔깔거리며 내게 대답해 주었다.

"와. 찌질해."

내 말에 다영은 더욱 웃어댔다. 그러니까 늘 그렇듯 다영의 다사다난한 연애사였다. 사귄 지 한 달 만에 헤어지는 상황만 해도 재미있는데, 기프티콘 취소까지 당한 것이다. 여태 조용하던 아빠는 다영의 이야기에 한마디 얹었다.

"영 못쓰겠네."

아빠의 말이 이어졌다.

"암만 쭈무리고 뚜드리 봐야 인간 안 된다."(아

무리 주무르고 두드려도 그 친구는 인간성을 갖추
기 어렵겠구나)

아빠의 거센 경상도 사투리는 의미 전달을 더디
게 만들었다. 잠시 시간이 지난 후, 다영과 나는 웃
음을 참지 못하고 큰 소리로 깔깔댔다. 유족 대기
실에서 웃을 일은 아닌데 이상하게도 멈출 수가 없
었다. 만약 이 자리에 엄마가 있다면, 아빠의 사투
리 억양에 맞추어 이야기 대상에게 더 짙은 모욕을
주었을 것이다. 새삼 엄마가 이 자리에 없다는 게
실감 났다. 나는 엄마 생각이 나 더 크게 웃었다.
원래 곤란할 때는 일단 웃는 법이다.

◆◆◆

상주가 되어 본 적은 단 한 번도 없었다. 장례 절
차는 고사하고, 타인의 장례식에 가본 적도 손에
꼽았다. 차분히 내 기억을 더듬어 보았다. 거슬러
올라가 보니 최초의 장례식은 외할머니였다.

남색 체크 무늬 교복을 입고 있는 내 모습이 떠

올랐다. 교복 재킷은 없었다. 입을 옷이 마땅치 않은 내게 엄마는 교복을 입으라고 했다. 나는 교복을 입고 싶지 않았지만 어쩔 수 없었다. 엄마는 엄마의 엄마가 돌아가셨고, 차분하고 이성적인 상태는 아니었으니까. 중학생의 옷 투정을 받아들일 상태가 아니라는 것쯤은 알고 있었다. 그렇지만 마음이 좋지는 않았다. 중학생의 나는 내 교복을 너무 싫어했으니까. 엄마가 그런 내 마음을 좀 알아주었으면 하고 바랐다.

키가 더 클 거라며 두 사이즈나 크게 산 중학교 교복은 말 그대로 '찐따핏'이었다. 교복을 몸에 맞게 줄이고 싶다는 생각은 한 적도 없었다. 가만히 앉아서 책 읽는 것이나 좋아하는 내 기질에 허벅지가 훤히 보이도록 짧게 달라붙은 치마나, 허리선이 노골적으로 드러나는 재킷은 전혀 원하는 모양이 아니었다. 학교 밖에서 입고 싶지 않을 뿐이었다. 학교 안에서만 찌질하면 됐지, 학교 밖에서까지 찌질하고 싶지는 않았다. 청바지에 티셔츠를 입는다고 해도 티는 나겠지만, 그래도 교복만큼은 피하고 싶었다. 키가 크지는 않고 살만 쪘다는 걸 알리는 것 같아 더 싫었다.

엄마는 중학생인 나를 아주 어른으로 취급했다.

만딸이니까. 그래서 나는 애 같은 옷 투정을 속으로 삼켰다. 그런데 지금 생각해 보면 중학생은 충분히 애 아닐까. 고작 열너댓 살 여자애 아닌가. 그래도 말이야, 그 여자애는 그날 충분히 어른스럽게 굴었다. 낯선 분위기, 낯선 어른들 틈에서 음료수를 날랐고 종지 그릇에 땅콩을 담았다. 엄마는 엄마의 엄마가 돌아가신 슬픔에 잠겨 나를 돌봐주지 않았으므로 나는 하룻밤을 꼬박 눈치껏 행동했다.

교류가 거의 없었던 외할머니의 죽음에 별 감정은 들지 않았다. 곡소리를 내는 외삼촌은 무서웠다. 조문객이 올 때마다 외삼촌은 잔뜩 쉰 목소리로 곡을 했다. 나는 그게 무섭고도 한편으로는 우스꽝스러웠다. 왜 슬픔을 억지로 내보이는가. 왜 조문객들은 자식에게 슬픔을 강요하는가. 외할머니 정도면 충분히 호상 아닌가. 나는 어디선가 주워들은 '호상'이라는 말을 의미도 잘 모른 채 곱씹었다.

엄마는 곡소리를 내지는 않았지만 슬픔에 잠겨 있었다. 그리 애틋하지 않은 모녀였을 것 같은데. 내가 알기론 그랬다. 팔 남매 중의 막내로 태어난 엄마에게, 엄마의 엄마는 너무 할머니였다고 했다. 하얗게 센 머리를 곱게 빗어 비녀로 쪽진 채 다니는 진짜 할머니. 학교에 학부모를 부르는 날이면

큰오빠 (그러니까 나에겐 큰외삼촌)나 큰오빠의 아내인 새언니를 불렀다고 했다. 워낙 나이 차이가 많이 나서 딸뻘이었기에 가능했다고도 덧붙였다.

이따금 엄마는 소리를 내면서 훌쩍였다. 그때까지만 해도 나는 아직 엄마가 죽은 적이 없기에, 엄마가 죽은 엄마의 마음을 이해할 수 없다고 생각했다. 내 외할머니의 죽음을 슬퍼할 마음은 자라지 않았지만, 내 엄마의 슬픔을 슬퍼할 마음은 쑥쑥 자라났다. 조문객의 술상에 올라갈 땅콩을 종지에 담으면서, 나는 내 슬픔의 크기를 엄마의 슬픔과 비교했다. 누가 더 슬플까. 엄마가 더 슬플까, 내가 더 슬플까. 같은 엄마를 잃은 외삼촌과 내 엄마 중에선 누가 더 슬플까. 조문객은 왜 남의 슬픔을 보면서 술을 마실까. 여기서 술이 넘어가나. 화투까지 치는 건 너무하지 않나. 설마 돈을 걸진 않았겠지. 저 뒤에 진짜 관이 있다고? 관 안에 외할머니가 진짜 있나. 귀신은 있나. 그렇다면 외할머니도 당신의 장례식에 참석하고 있을까.

땅콩을 너무 많이 담는다는 잔소리에 생각의 연쇄는 끊어졌다. 손이 너무 헤프다고 짜증 섞인 말투가 선명했다. 나는 금세 주눅이 들어 고개를 폭 숙였다. 죄송하다는 말이 나오지는 않았다. 죄송할 일은 아닌 것 같기 때문이었다. 그래도 나보다 한 참 어른이 혼내면 섬짓 하는 건 당연했기에, 나는 아무 대꾸도 못한 채 고개를 푹 숙였다.

자루 속 땅콩을 헤아리며 억지로 입꼬리를 붙잡았다. 달리 할 말이 없어 멋쩍게 웃으며 한참을 서 있었다. 엄마가 나타나기 직전까지, 나는 그랬다.

"누가 너더러 이런 거 하래."

엄마가 성큼성큼 다가와 내 팔을 휙 낚아챘다. 나는 엄마의 등 뒤로 물러선 모양새가 되었다. 그 다음부터는 잘 기억나지 않는다. 엄마는 엄청나게 언성을 높이며 싸웠다.

곧바로 집으로 향했다. 집에 온 엄마는 안방으로 들어가 문을 잠갔다. 나는 엄마 몰래 부엌 찬장을 뒤졌다. 굵은 소금을 찾을 수 없어 맛소금 봉지를 쥐고 밖으로 나갔다. 가까운 공터에서 맛소금 봉지를 조심스레 열었다. 주변엔 아무도 없었다. 이 일이 끝날 때까지 아무도 없기를 바라고 또 바랐다.

나는 맛소금을 한 꼬집 쥐어 가슴께에 살짝 뿌렸다. 소금 알갱이가 남색 교복에 조금 달라붙었다가 이내 떨어져 내렸다. 이게 아닌가. 뭔가 어설펐다. 과감하게 맛소금을 한 줌 꺼내 쥐었다. 그걸 다시 한번 가슴께에 뿌렸다. 이번엔 뿌린다기보다, 던지는 느낌이 강했다. 맛소금이 얼굴까지 튀었다. 입안에 들어간 맛소금이 짭짤했다. 턱을 당겨 내 몸통을 쳐다보았다. 소금간이 된 고등어 같았다. 여전히 뭔가 이상했지만 더 시간을 끌 수는 없었다. 장례식장 같은 델 다녀오면 소금이나 팥을 뿌려야 한다고 했다. 엄마는 엄마의 엄마니까 괜찮겠지만, 나는 외할머니가 무서우니까 꼭 해야 했다. 맛소금을 한 줌 더 꺼내어 내 몸통에 살살 뿌렸다. 공터 바닥에 흰 소금이 조금 쌓였다.

교복에 붙어 있는 맛소금 알갱이를 툭툭, 털어냈다. 이게 맞나. 문득 외할머니를 이런 식으로 쫓아내도 되는가, 하는 근본적인 의문이 들었지만 그때는 공포심이 더 컸다. 지금 생각해 보면 돌아가던 귀신도 조금은 고개를 갸웃하진 않았을까 하는 생각이 든다.

갑자기 옆방이 소란했다. 분명한 말소리가 들리진 않았지만 엄청난 고성이 오가는 것만은 확실했다. 나와 다영은 벽에 바짝 붙었다.

"들려?"

내가 물었다.

"아니."

다영이 말했다. 나는 꽤 아쉬운 마음이 들었다. 이곳은 유족 대기실이었다. 이곳에서 오가는 고함 내용만큼 흥미로운 게 없다. 때에 따라서는 글의 소재가 될지도 몰랐다. 생각보다 벽이 두껍네. 나는 손을 동그랗게 말아 쥐곤 노크하듯 콩콩, 하고 벽을 두드렸다. 순간, 옆방의 소란한 소리가 일순간에 멈추었다.

"뭐하는 거야?"

다영의 질문에 나는 얼른 대답하지 못하고 바보처럼 더듬었다.

"아, 아니, 그냥. 해봤는데."

"들었나 봐. 어떡해."

나는 조용해진 옆방 쪽으로 귀를 갖다 댔다. 다시 조금씩 웅성거리는 소리가 들려왔다. 옆방은 우리와 달리 꽤 많은 수의 유족들이 대기하고 있는 모양이었다. 보통 화장터에 동행한 유족은 인원이 많았다. 자식, 그 자식의 자식, 형제, 자매 등등. 인간의 족보는 직계로만 따져도 이 방만큼 넓어질 수 있다. 재산이 좀 있으면 더 그렇다. 물려받을 유산의 규모에 따라 '가족'의 구성원은 조금 더 넓어질 수도 있었다.

고인이 타는 동안 유족은 어디선가 대기해야 했다. 한 가족은 한방에 있어야만 한다. 화로와 대기실의 수가 같기 때문이다. 우리가 있는 공간은 바로 그런 용도였다. 안락함 대신 지나치게 휑덩한 공간. 말하자면 고인보다는 유족, 유족보다는 화장터 쪽의 편의를 챙기기 위한 공간인 셈이다.

이 넓은 방 안에 우리는 달랑 셋이었다. 장례식도, 그에 따른 조문객도 거절한 건 아빠의 선택이었다. 우리는 아빠의 선택을 존중했다. 가족장이 대세지. 그런 실없는 소리를 한 게 다영이었나 나였나 잘 기억나지 않았다. 어쩌면 아빠였을지도 모른다. 이 소박한 장례 탓에 유족 대기실이 더 커 보였다.

사람이 살아가기 위해서는 많은 돈이 든다. 그렇다면 사람이 죽으면 돈이 들지 않아야 하는 것 아닌가. 장례 비용 팔백만 원의 견적을 들으면서 든 생각이었다. 누군가에겐 적은 돈일지도 몰랐다. 그러나 '우리'에겐 아니었다.

십여 년의 간병은 짧지 않다. 다른 재산을 모을
수 없었다. 빚이라도 없어서 다행이지. 사람이 살아
가기 위해서는 당연히 많은 돈이 든다. 수명을 다한
사람이 연명하듯 살아가는 건 더 많은 돈이 든다.
쉽게 상상도 할 수 없을 정도로 많은 비용이 든다.

그런 '우리'에게 엄마의 장례비는 과했다.

"장례 비용을 어찌 아낍니까."

엄마가 입원한 병원에서 행정 실장인지, 원무 실
장인지 하는 남자가 우리에게 볼멘소리를 했다. 이
병원에서 장례를 치를 수 없다는 우리의 결정에 따
른 불만이었다. 아빠는 불같이 화를 냈다. 우리가
이 병원에 처넣은 돈이 얼만데. 다영과 나는 아빠
를 겨우 말렸다. 그 남자는 차마 언성을 높이지는
못하고 돌아섰다. 여하튼 뭔가 실장직은 분명한 그
남자의 등을 향해 나는 가운뎃손가락을 치켜들었
다. 엿이나 먹어라.

이 소박한 장례에는 '우리' 외의 사람은 존재하
지 않는다. 그게 옆방과 우리 방의 차이였다. 옆방
은 여전히 소란스러웠다. 이따금 격앙된 소리가 들
리는 것도 같았다. 우리보다 부산하고 떠들썩한 기

척을 듣고 있자니 우리 쪽이 너무 허전해서 유족 대기실이 더 커 보였다. 어쩐지 옆방을 깎아 내리고 싶은 마음이 불쑥 올라왔다. 나는 다영에게 분명 재산 다툼일 것이다, 친척 많아 봐야 소용없다 등의 말을 쏟아 냈다. 그 순간이었다.

갑자기 공포에 찬 날카로운 소리가 건물 전체를 울리듯 퍼져 나갔다.

다영과 나는 흠칫 놀라 벽에서 한 뼘 떨어졌다. 소리의 출처는 역시 옆방이었다. 옆방에 있는 열댓 명의 유족들이 갑자기 비명을 질러대기 시작한 것이다.

"아까 내 노크 소리가 무서웠나?"

내가 다영의 얼굴을 보며 진지하게 물었다. 다영 역시 공포에 질린 얼굴로 나를 쳐다보았다.

"귀신 소리인 줄 알았나?"

"노크가?"

"그게 아니면 혹시 뭐가 나왔나?"

다영이 말하면서 주위를 둘러보았다. 나도 다영을 따라 시선을 돌렸다. 유난히 휑하고 넓어 보였다. 마치 다른 존재들로 가득 찰 수 있다는 듯이.

우리는 서로의 얼굴을 쳐다보았다.

그 순간이었다.

갑자기 불이 꺼졌다. 서로의 얼굴을 확인하던 시야가 갑작스럽게 차단되었다. 정전과 정적은 동시에 찾아왔다. 다영과 내가 짧은 비명을 내질렀다. 나는 입을 틀어막고 몸을 움츠렸다. 무섭다기보다는 놀란 탓이었다. 공포 영화의 점프 스케어 구간처럼, 내용이 아니라 타이밍이 문제인 거다.

깜빡.

불은 금세 다시 들어왔다. 정전된 시간은 1분도 채 되지 않았다.

"옆방은 왜 소릴 지른 거야?"

나는 아직도 진정되지 않아 떨리는 목소리로 말했다.

"역시 뭔가 본 거 아닐까?"

"뭐가 있는데?"

다영은 바닥을 손가락으로 가리키며 말을 이었다.

"두 시간을 기다려야 하는데. 누군가는 심심하겠지."

다영의 손가락을 따라 바닥을 쳐다보던 나는 곧 아래층인 1층에 무엇이 있는지 깨달았다. 나는 잠깐 망설이다가 조심스레 입을 뗐다.

"혹시 소금 있어?"

너무 엉뚱한 질문인지 아빠는 어이없다는 표정으로 나를 쳐다보았다.

"있겠냐."

다영의 다정한 대답이 되돌아왔다. 역시, 그런 식으로 그걸 쫓아내서는 안 되겠지. 나는 불쑥 솟아나는 공포와 혐오의 감정을 조금 내려놓았다. 적어도 이 방 안에서는 우리와 당신들이라고 구분하면 안 된다는 생각이 들었다.

"이렇게 된 거 무서운 이야기나 할래?"

다영이 말했다. 나는 질겁하며 고개를 가로저었다. 그때 뜬금없이 아빠가 입을 뗐다.

"안 탈지도."

아빠의 말에 우리는 동시에 아빠의 얼굴을 쳐다보았다. 나는 타고 남은 뼈를 떠올렸다. 순간적으로 소름이 돋았다.

"화장터에 무슨 정전이고."

아빠는 한숨 쉬듯 나직하게 말을 이었다. 오전에 버스 안에서도 같은 말을 했던 것 같은데. 시간이 너무 더디게 가는 것 같았다.

"더 오래 걸리려나?"

다영이 말했다. 우리 셋은 잠시 침묵했다.

그 순간 나는 깨달았다. 정전을 중심으로 이쪽과 저쪽이 갈라졌다는 걸 말이다. 말하자면 정전된 곳과 정전이 끝난 곳. 저곳과 이곳. 죽은 곳과 산 곳.

이름을 붙이자면 끝이 없었다. 팟, 하고 불이 꺼졌다가 다시 붙었을 때 우리는 그 틈을 엿보게 되었다. 이쪽과 저쪽이 팟, 하고 갈라졌을 때, 팔백만 원을 소박하다 여기는 쪽과 팔백만 원을 감당하기 어렵다 여기는 쪽이 선명하게 갈라져 있다는 걸 나는 느낄 수 있었다. 서로 다른 영역에 존재하기 때문에 어지간해서는 알아차리지 못할 어떤 인지(認知)들. 정전은, 그러니까 엄마를 태우다 만 그 불은 이쪽과 저쪽을 연결시키고 있었던 것이다. 아주 잠시라도 말이다. 어쨌든 중요한 건 우리가 무언가를 넘어섰다는 사실이었다. 우리는 이쪽과 저쪽을 모두 가로질러 이곳에 섰다. 이 장례는 우리 세 사람에게 무거운 동지애가 되었다. 우리는 평생 이 무게를 가늠하며 살게 될 것이다.

"잘 타고 있을까."

우리는 아빠의 얼굴을 쳐다보았다. 얼핏 슬퍼 보이기도 했다. 나는 "우리" 하고 소리 내어 말해 보았다. 끝내 문장을 완성할 수는 없었다.

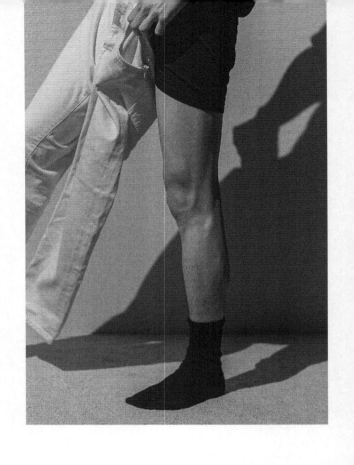

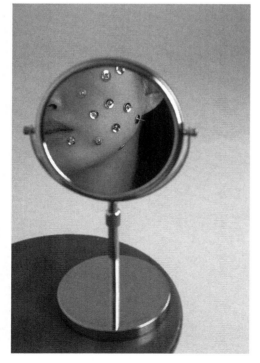

당신의
차례

행운을 믿나요?

당신 ‖

당신에게 유령이 나타난다면, 누구의 유령인가요?

당신 ‖

나의 장례는 어떻게 치러질까요?

당신 ‖

Part 3

Poetry x Criticism

3부는 두 편의 시와 두 편의 논평으로 이루어져 있다.

하
람

자신을 고쳐 쓰는 중입니다.

사마리안

새는 하나의 조건이다
날 수 있다면

내 과거를 말해준 사람을 만나보세요[*]

가슴에 묻힌 새의 눈을
똑바로 바라본 사람을

비만 내리면
다시 물이 솟기만 하면
우물 안에는 언제나
목마른 사람들
기다리는 사람들

언제나 나를 보고 있지만

---

[*] 요한복음 4:29

본 적 없는 사람들

나를 본 적 있나요 정말로
나를 들어본 적 있나요

함구하고 불문에 부친 나를
원한 적 있나요 아니면

내가 내가 아니게 되어
당신들을 부끄럽게 만들지 않기를
한 번이라도 바란 적 있나요

그런 질문들은 묻어 두는 편이
좋다 어른스럽고
사회성이 좋다

한 사람의 어린 시절을 물으려면
하나의 마을이 필요합니다

그런 식이죠
말은 안 해도 다 아시잖아요
하지만 정말

전부 다 아는 사람이

아무것도 모르는 걸음으로
마을의 모래 먼지를 가로지르며

다가온다; 눈이 마주칠 때
새는 태어나서 처음으로
자신이 노래할 수 있음을
깨닫는다

시

신
주
연

승일이가 모르는 승일이 친구

먼저 맞으면 맞지 않아도 된다

목이 빠져 버렸다
못을 기다리다 그랬다
그래 내 이럴 줄 알았다는 목과 도대체가 이럴 줄
은 몰랐다는 몸이 있다

목   이미 굴러가는데 어떡해. 너는 하
                    던 생각이나 해.

그래서 나(몸)   하던 생각이나 한다.

하던 생각   못은 병원에 있다. 병원에는 〈이
                    것은 파이프가 아니다〉라고 적힌
                    캡션과 호수가 있다. 호수는 뒤뜰
                    에 있고 못은 침대에 있다. 못이
                    침대에서 잠을 자고 침대에서 일
                    어나고 침대에서 똥을 싼다. 침대
                    에서 똥을 싸면 더 큰 병원으로
                    간다. 못은 병원에서 나가서도 병

원이다. 하지만

못   뒤뜰이 있다는 생각만으로도
마음이 놓여

병원 뒤뜰에 오리가 산다. 오리는
난동 부리기를 좋아하고 독보적
이고 오리는 자신이 오솔길로 만
들어진 산림에서 걷는다고 믿는
다. 모든 산책은 착각에서 시작되
니까. 오리가 불투명한 창으로 사
람들을 관람한다. 오리는 창문이
옴니버스식 애니메이션을 틀어주
는 투니버스 채널이라고 믿는다.
오리는 평생 병원에서 살고 동시
에
병원 밖에서 산다. 안타까워. 오리
는 자유롭다. 정말이지

불쌍해

밖으로 나가서도

나갈 곳이 남아있다는 게

나(몸)   나도

머리가 없는데
살아 있다는 게 (결과적으로 몸무
게는 줄었지만)

불가리아에서는 고개를 끄덕이면
거절의 표시라고 했다. 병원에는
〈거절의 표시〉라고 적힌 그림이
있다. 사람이 웃으면서 욕을 하다
보면 병원에 간다. 병원에는 짖는
사람이 있고 기어다니는 사람이
있고 주인을 찾다 개가 되는 사람
개가 아닌 사람
개가 아닌데도 개처럼 맞는 사람

개가 아닌데 개새끼야!
듣다 보면 지옥에 간다. 전부 이해
하다 보면
병원에 간다. 고개를 계속 끄덕이

면 목이 떨어지고
손 떼. 그만 때려. 잘못했
어요
몸이 도망치는데
고개 혼자 *끄덕여*. *끄덕*이면 목이
떨어진다.
목이 떨어져도

살아있네

〈버킷리스트: 죽기〉

병원에는 낙서가 있다

그거 좋다

나는

바보. *끄덕*인다

Bucket List의 Bucket은 양동이다.
병원에는

양동이에 올라가 양동이를 차는
사람이 있다
시도하고 포기하기. 이루면서 실
패하기.
파이프는 파이프인데 사람들이
아니요, 당신은 파이프가 아닙니
다. 고개를 젓는다. 파이프가 그렇
군요. 끄덕인다. 파이프는 전쟁터
에서 태어났다. 파이프는 노래 부
르는 흉기. 파이프를 휘두르는 사
람과 파이프를 연주하는 사람이
같아서
이상해. 그리고 이해해. 병원에서
는 모든 일이 가능하다.

병원에 들어가 나오지 않는 사람
을 상상하고

파이프를 휘두르고

나는 알아
세상에는 용서하기 위한 잘못도

있다

그런 것도 사람의 몫이라면
(그런데 어떻게 사람이 되는 걸까)

〈파이프의 버킷리스트:
파이프 되기〉
〈죽기의 버킷리스트: 죽기〉〈양동
이의 버킷리스트: 그만 좀 죽어〉
〈나의 버킷리스트: 미안 야
부르기

끝내기〉

사람들이
나를 찢으며 사람이 아니라고 한
다. 그렇군요. 나는 떠올린다. 병
원에는
〈모든 것은 이해하는 사람의 역량
이 중요하다〉라고 적힌 낙서가 있
다. 믿어줘요. 봤어요. 모든 것은
이해하는 사람의 역량이 중요해

요. 목이

삐약

이해되시죠?

처맞기 전에

내가 파이프를 들자

사람들이 이해하기 시작한다.

당신의
차례

당신이 알고 있는 것은 무엇인가요?

당신 ‖

당신의 버킷리스트는 무엇인가요?

당신 ‖

당신은 어디로 가나요?

당신 ‖

예
미

대중음악을 사랑하고 살아가며 보고 느낀 것을 쓰는 사
람. 웹진 〈아이돌로지〉에 정기적으로 글을 쓰고 있다.

음악으로 보는 중2병 이야기

중2병이라는 단어가 등장하고 유행하던 시절 사춘기를 지냈다. 성인의 관점에서 보면 치기 어릴 뿐인 정서와 행동을 질병 같다고 비유하는 단어이지만, 그 시기에 병 걸린 것처럼 격정을 경험했던 나로서는 그 단어에 묘하게 공감한 적도 있었다. 내가 병에 걸린 건지, 내 주변이 모두 병에 걸린 건지 이해가 가지 않는 채로 대중음악과 음악인에 걷잡을 수 없이 빠져든 채로 그 시기를 지나왔다.

조금 더 시간이 지나자 나도 오글거림이란 감정과, 중2병이라는 단어가 멸칭인 이유를 이해하게 되었다. 이미 다 어른이 되어버린 뒤 접한 음악에서 어린 시절 미성숙했기에 가질 수밖에 없었던 감정이나 생각을 마주할 때, 혹은 미성숙했던 시절, 사랑했던 음악을 다시 들으며 기억 저편에 묻어 둔 과거를 남 이야기처럼 떠올리게 될 때 가슴이 쿡쿡 찔리는 것 같았다.

이렇게 빠르게 어린 시절을 잊어버릴 수 있다는

게 놀랍다. 어린 시절 없이 처음부터 성숙했던 것마냥 구는 어른이 되고 싶지는 않았다. 그래서 청소년들을 끌어모은 음악을 갖고, 어떤 종류의 미성숙에 청소년들이 빠져들게 되는지 정리해 보려고 한다. 한 번이라도 정리해 본다면 적어도 '항마력 부족'을 이야기하기 전에 그 음악과 그에 빠져 있는 사람들을 이해할 수 있을 것 같아서 그렇다.

◆◆◆

마음 같지 않은 세상

넬과 에픽하이는 각각 2000년대 록과 힙합의 슈퍼스타 반열에 올랐다. 두 팀은 추구하는 장르가 다르지만, 두터운 친분 관계를 유지하는 동시에 비슷한 감성의 음악을 만들어 적잖은 수의 팬덤을 공유하고 있다. 특히 두 팀 모두 '미성숙한 정서'로 강렬한 인상을 남겨서, 둘 모두를 사랑한 팬 중에는 청소년의 비중이 꽤 높았다.

두 팀의 '미성숙한 정서'로는 뜻대로 안 되는 일에 매달리거나, 사사건건 불만을 표하는 자세가 대표적이었다. 세상을 오래 살다 보면 원하는 대로 되지 않는 일이 많아지고, 의도와 다르게 흘러간 일이 나에게 또 다른 기회가 되는 경우도 생긴다. 그래서 나이를 먹다 보면 일 하나에 매달리지 않고 미련을 제 나름대로 해소하는 방법을 배우게 되는 반면, 이런 아이러니를 아직 배우지 못한 어린 사람들은 사건이나 사회, 인간관계 하나하나에 화를 내거나 매달리며 때로는 '징징거리기도 한다.' 커리어 초창기 넬과 에픽하이의 음악은 이 '어린 사람들'과 맥을 같이했다.

넬은 뜻대로 안 되는 인간관계나 사랑에 대한 갈망을 극단적으로 표현했다. 관계에서 상처를 받고 상대에 대한 애증 섞인 고통에 휩싸여 자살, 자해를 하는 화자를 그리면 〈자해〉, 〈안녕히 계세요〉 같은 곡이 된다. 지금의 인간관계가 잘 풀리지 않고 깨지더라도 다음 관계는 더 나을 수 있겠지만, 이들은 지금의 관계에 몰입하여 다음을 상상하지 못한다. 그렇기에 지금의 관계에 미련을 놓지 못한 채 절망 속에서 자기를 파괴하는 것이, 망가진 인간관계를 다룰 때 넬의 주된 정서다.

그래서 미련을 잘 놓을 줄 아는 곡보다는 고통스럽게 놓는 곡, 혹은 절망감을 죽음으로 해소하려는 곡이 눈에 띈다.

　넬이 개인 단위에서 뜻대로 안 되는 일에 불만을 표시했다면, 에픽하이는 뜻대로 돌아가지 않는 사회에 불만을 표시했다. 이상주의적 열망을 기반으로 그에 미치지 못하는 사회에 대한 저항을 표현한 대표적인 곡들이 《Lesson》 시리즈라면, 《High Society》 앨범 수록곡처럼 사회 풍자를 담아낸 곡이나 《Remapping the Human Soul》 앨범 수록곡처럼 망가져 버린 사회에서 얻은 절망을 표현한 곡도 있다. 사회 비판을 주제로 했다는 점에서 이 곡들이 소위 컨셔스 힙합*이라고도 하는 세부 장르와 궤를 같이한다고 볼 수 있지만, '나'와 세상을 대립 관계로 상정하는 사춘기적 정서가 특정 장르의 도식보다 먼저 떠오르기도 한다.

　두 팀의 음악에서, 인간관계와 사회를 막론하고 '나'의 의사와 다르게 굴러가는 세상의 모습은 우울감을 촉발했다. '나'와 의견을 같이하는 사람을

---

　*Conscious Hiphop: 사회와 정치에 대해 의식 있는 주제를 다룬 힙합 음악.

곁에서 찾기 어려우므로 외로움도 커졌다. 게다가 이들은 음악 업계에서의 비주류 장르 뮤지션으로서 주류 시장에서 찾기 힘든 담론을 다루기도 했다. 두 팀이 펼치는 음악 속 화자의 처지와 음악 업계에서의 두 팀이 점한 위치는 맥을 같이했다. 현실에서 통제력을 발휘하지 못하는 청소년들은 비주류 음악가가 말하는 외로움에 크게 공감했다.

두 팀은 나이를 먹고 경력이 쌓이며 통제할 수 없는 영역의 인간관계, 상황, 감정에 매달리지 않는 자세를 취하게 되었다. 넬은 2014년 〈청춘연가〉에서 고통스러운 사랑을 과거의 기억으로 회상하기도 하고, 2016년 〈Let the hope shine〉에서는 "슬픔 속에 잠긴 마음아/충분히 괴로워했으니까/이젠 Let the hope shine in"이라며 슬픔을 떠나보낼 줄 아는 모습을 보여 주었다. 에픽하이도 8~9집을 통해 화자의 얼굴을 베테랑 뮤지션으로 바꾼 뒤, 2021년 발표한 《Lesson Zero》를 통해 불합리한 세상을 그저 인정하며 《Lesson》 시리즈를 마무리했다. 두 팀이 30~40대가 된 2010년대 이후 보여 준 변화를 생각하면, 자기 마음대로 되지 않는 관계나 사회에 사사건건 절망하고 화내는 모습이 젊은이의 특징이었음을 실감하게 된다.

그리고 팬들이 사랑한 것 역시 그 '젊은이다움'이었음을 나날이 실감하게 된다. 두 팀이 2010년대 들어 중견 뮤지션으로 사회에 순응하기 시작하자, 이들에게서 젊은 아티스트 특유의 불안정한 정서와 예측 불허의 실험과 저항을 원했던 팬들은 아티스트와의 관계를 정리했다. 아티스트와 희로애락을 함께한다는 감각을 갖고 이들을 응원하는 팬들도 많지만, 그런 팬들의 근간을 이루는 원동력 역시 미성숙한 아티스트의 표현에 미성숙한 팬이 몰입한 기억이다. 인격적 성숙을 발전이라고 여기는 통념과 달리, 음악가로서의 절정이 인간으로서의 성숙과 별개일 수 있어 보인다. 여기서 '미성숙'은 온전한 성인이라기 보다는 청소년기 등 성인 이전 시기이기에 가능했던 다양한 정서를 포괄한다. 특별히 부족하거나 잘못된 정서가 아니라, 살면서 한 번쯤 거쳐갈 만한 것으로 해당 정서에 접근하고자 한다.

♦♦♦

우울은 컨셉이 아니지만

2010년대 중후반이 되자 미국에서 떠오른 이모 (emo) 랩 트렌드가 한국으로 건너와 방송을 통해 전파되었다. 이모 랩이란 정신 질환자의 시선으로 본 세상과 정신 질환자 자신의 내면, 우울증 약인 자낙스(Xanax)를 필두로 하는 향정신성 의약품들, 비참한 감정과 그로 인해 정신 질환에서 벗어나지 못하는 악순환을 오토튠과 함께 부르짖는 특성을 가진 장르다. 이 장르가 한국에 넘어오자, 정신 질환이 사회적 조명을 받기 시작하던 당시 사회상과 맞물려 젊은이의 현실을 반영하는 의의를 갖게 되었다. 그러나 이모 랩 특유의 자극적인 소재와 표현 양식은 때로 반발심을 샀고, 몇몇 과잉된 표현에는 '오글거린다'는 평이 따라붙었다.

홍익대학교 힙합 동아리에서 활동하던 대학생 우원재는 2017년 《쇼미더머니6》에서 3위를 차지하며 힙합계의 스타로 거듭났다. 그는 예선을 통해 "알약 세 봉지가 설명해 내 지금의 삶"이란 구절로 유명해졌다. 겉보기에 건강해 보이는 신체를 가진

이가 먹을 만한 약은 많지 않으니, 그는 방송에 출연하자마자 향정신성 의약품을 먹는 청년의 상징으로 유명해졌다. 만화 속 찌질한 캐릭터처럼 비니를 쓰고 눈을 가린 채 추리닝을 입은 후줄근한 차림새는 가사 속 불안한 정서 및 울분 섞인 퍼포먼스와 시너지를 일으켜 그의 존재감을 각인시켰다.

본선 진출 이후, 당시까지 전업 래퍼가 아니었던 우원재는 톤 조절을 통한 감정 연기와 무대 연출에 집중하여 경연을 치렀다. 연기력과 흡입력이 경력에 비해 두드러졌다 보니 이 전략은 성공적이었지만, 랩 스킬이 다듬어지지 않은 데다 무대 연출 및 트랙 프로듀싱의 완성도가 높지 않았다 보니 무대가 대체로 세련미와 거리가 멀었다. 이처럼 불균질한 완성도는 물론, 마음의 소리를 관념적으로 다루는 가사 역시 과한 정서와 맞닿아 있었다. '가짜', '각자', '철학' 등의 단어를 사용하여 외롭고 혼란스러운 내면 심리를 추상적으로 다루는 것이 청자에게 진지한 인상을 주기도 했지만, 이런 모습이 과하게 진지해 보이려고 하는 이미지와 이어지기도 했다.

《쇼미더머니6》 종영 이후, 2018년 방송된《고등래퍼2》에 본명 '이병재'로 출연한 빈첸은 방송 직전 발표한 믹스테이프 《병풍》을 기반으로 우울증을 겪는 청소년의 삶을 화두로 삼았다. 첫 방송에서 눈을 가린 긴 앞머리로 강렬한 인상을 준 그는 《병풍》 수록곡 중 〈그대들은 어떤 기분이신가요〉, 〈늪〉, 〈탓〉, 〈마른 논에 물 대기〉 등의 가사를 방송에서 부르며 여러 갈래의 우울한 정서를 방송에 내보냈다. 학교를 그만두고 부모님에게 의존하여 래퍼의 길을 걷지만 성과가 잘 보이지 않고 돈이 없는 현실이 그를 우울하게 했고, 그럴 때 행한 자해의 흔적을 그는 '바코드'로 칭했다.

　당시 기세가 절정을 달리던 그루비룸, 보이콜드의 프로듀싱하에 제작된 전업 래퍼 빈첸의 경연곡은 《쇼미더머니6》 시절 우원재의 경연곡보다 완성도가 훨씬 높았다. 그렇지만 부모님을 행복하게 해주겠다는 꿈을 추구하기 위해 부모님께 의지하고, 그 모순에 대해 죄책감을 가지는 장면에서는 그가 아직 청소년임이 선명하게 드러난다. "내가 돈을 못 버는 탓 우리 엄마가 고생하는 건"이라며 가족의 어두운 얼굴을 모조리 아들인 자신 때문이라 보기도 하는데, 사실 부모님의 삶의 무게가 온전히 자식 때문만은 아닐 수 있다. 엄연히 타인의 삶의 무게를 자식 탓으로 뭉뚱그리는 것을 보면 오히려 화자가 어른의 삶을 잘 모른다는 것이 드러난다.

두 사람은 방송 출연 당시 그들이 음악에서 표현한 우울한 정서가 단지 콘셉트에 불과하다는 반응을 얻기도 했다. 두 사람이 보여 준 극단적 정서와 극적인 연출을 작위적으로 느낀 이도 있었고, 자기 크루를 만들고 방송에 출연하는 행동력이나, 인간관계 및 패션에 대한 관심으로 대변되는 소위 '인싸'스러운 면모가 정신 질환과 공존하지 않을 거라고 여긴 이도 있었다. 빈첸은 그런 반응에 대한 대답으로 《고등래퍼2》 파이널 라운드에서 우원재와 함께 〈전혀〉를 부르며, 자신들의 우울 표현이 현실에 기반하지 않았으리라는 오해로 인해, 오히려 '우울할 일이 없는데 왜 우울하지' 하며 자책할 일이 늘어나는 악순환을 이야기했다.

다만 음악 속 표현이 과하거나 오글거린다는 반응에 대한 반박은 적었다. 누군가에게는 이 표현이 과하게 느껴졌을 수 있지만, 비슷한 경험을 갖고 이들의 음악을 과장 없는 진실로 받아들인 이들도 많았기 때문이었다. 외로움이나 감정 기복, 경제적 어려움, 가족에 대한 미안함 등, 래퍼가 직업이 아니더라도 이들의 음악을 자신의 삶에 대입할 수 있는 사람은 많았다. 없던 정신 질환이 생겨도 이상하지 않을 상황들이 어린 사람에게 거대한 압도감을 준다는 것을 감안하면, 두 래퍼의 표현은 결코 과장이 아니었다.

두 래퍼는 아티스트와 음악 속 화자 간의 거리를 크게 두지 않는 편이다. 그래서 《쇼미더머니6》 이후 커리어의 곁다리에 우울을 위치시킨 우원재나, 《고등래퍼2》가 끝나고 수년이 지나 여러 가지 감정을 다루며 커리어를 이어가는 빈첸의 모습을 보면 둘 모두 삶의 초점을 우울 이외의 것으로 옮겼음을 알 수 있다. 정신 질환은 젊은이만의 전유물이 절대 아니지만, 한때 특정 감정에 잠식되어 살아가던 이들이 이내 여러 감정과 상황을 살피기 시작한 것을 성장이라고 읽을 수는 있을 것 같다.

아이돌, 판타지와 오타쿠

2010년대 중후반 이후로는 케이팝 아이돌의 작

업물을 통해 비극과 우울, 격정에 대한 정서를 다루려는 시도가 늘어났다. 케이팝 기획사 중 이러한 시도를 가장 적극적으로 보여주는 곳은 하이브다. 방탄소년단이 《화양연화》 시리즈를 필두로 청소년 혹은 청년이 가질 법한 비극적 정서를 탐미적이면서도 애처롭게 표현한 결과물로 세계적 인기를 얻은 뒤, 방시혁은 이후 세대 보이 그룹을 기획하며 비극적 정서를 확장시키기 시작했다. 이모(emo) 정서를 표현하는 사운드와 《신세기 에반게리온》 등 판타지 세계 속에서 비극을 그리는 일본 오타쿠 타깃 창작물의 미학을 합쳐, 자사 남자 아이돌에게 적용시킨 결과물은 일본 만화 및 애니메이션 향유층의 감성와 맥을 같이하는 아이돌 팬덤 문화와 절묘하게 짝을 이루었다.

하이브 산하의 빅히트 뮤직과 빌리프랩에서 각각 데뷔한 투모로우바이투게더와 엔하이픈은 모두 '세계관'(멤버들을 주인공으로 하는 판타지 스토리텔링)을 기반으로 드라마틱한 감정선을 내세운다. 투모로우바이투게더의 세계관이 여린 감수성을 가진 소년이 구원과 영원을 추구하는 이야기라면, 엔하이픈의 세계관은 뱀파이어를 화자로 하여 유혹과 일탈을 그린다. 두 팀은 2021~2022년 초반 록 사운드를 기반으로 비장미를 담아내 접점을 만들기도 했다.

다만 두 팀의 방향성은 다르다. 투모로우바이투게더의 음악을 즐길 때는 팀 특유의 여린 감수성에 공감하고 몰입하는 것이 중요하다. 가사에 "세계의 유1한 법칙*" 등 세계관에 집중하도록 하는 장치가 있긴 하지만, 〈세계가 불타버린 밤, 우린…〉에서는 친구 관계에서의 소외, 〈LO$ER=LO♡ER〉에서는 청년의 가난을 다루는 등 젊은이가 겪을 만한 현실 속 여러 고통스러운 상황을 전제로 하기 때문에 판타지 세계관을 자세히 숙지하지 않아도 가사를 이해할 수 있다. 길고 마른 몸을 내보이는 스타일링, 〈9와 4분의 3 승강장에서 너를 기다려〉부터 시작된 기타 사운드 삽입, 특히 《혼돈의 장》 시리즈에서 보여준 록 밴드를 연상케 하는 퍼포먼스는 팀의 일관된 감수성을 이모(emo) 하위문화와 연결하여 기억할 수 있도록 한다.

반면 엔하이픈의 음악을 즐길 때는 곡별로 주어진 장면에 몰입하는 것이 중요하다. 엔하이픈의 가사는 화자의 내면세계를 다루기보다는, 뱀파

---

* 〈0X1=LOVESONG (I Know I Love You) feat. Seori〉

이어라는 화자의 독특한 정체성과 이로 인해 발생하는 상황이 주로 등장한다. 〈Given-Taken〉이나 〈Drunk-Dazed〉 등에서는 "송곳니"를 언급하여 세계관 이외의 해석의 여지를 차단하기도 한다. 록 사운드를 〈Drunk-Dazed〉부터 《DIMENSION》 시리즈까지 한정적으로 사용하고 이후로 힙합이나 팝 등 다른 사운드를 도입한 행보나, 사운드가 기원한 하위문화보다 트랙이 내뿜는 분위기에 집중하는 스타일링은 각 장면에 집중하는 가사 작법과 맥을 같이한다. 〈Given-Taken〉 같은 비장한 곡에서는 제복, 〈Drunk-Dazed〉에서는 교복, 〈Tamed-Dashed〉 같은 내달리는 곡에서는 소위 '하이틴'으로 볼 만한 스타일을 선보이는 행보는 보이 그룹 콘셉트 도식을 순회하는 것 같기도 하다.

이처럼 두 팀은 서로 다른 전략을 갖고 있지만, 비주얼, 사운드, 스토리 등 대부분의 구성 요소에서 과잉을 추구하며 강한 몰입을 일으키는 것 같다. 판타지 세계에서 비극과 일탈을 다루는 오타쿠 문화 특유의 도식을 차용한 것, 위기에 처한 여린 소년이나 뱀파이어처럼 극적 연출이 가능한 소재를 사용한 것, 이 모든 것이 오글거림을 선사한다는 것도 공통점이다. 콘텐츠가 난해하고 과하다는 반응이나, 불행의 양상을 메인 콘텐츠로 활용하는 방식에 대한 불호 의견 역시 어떻게 접근하더라도 피해가기 어렵다.

하지만 하이브 기획의 모티브인 일본 애니메이션과, 그것을 포함한 많은 나라의 청소년 대상 창작물이 한정된 활동 반경 속에서 똑같은 일상을 견디며 판타지를 꿈꾸는 이들을 위한 것임을 생각해보면, 전통적으로 10대를 겨냥하는 케이팝 아이돌 기획사가 이러한 청소년의 심리를 큰 스케일로 겨냥한 것은 성공적인 전략이었다. 하이브의 사업 확장과 함께 활동을 전개한 두 팀의 팬덤 규모가 이미 일부 청자들의 '오글거린다'라는 평가에 연연하지 않을 수 있는 수준으로 커진 것을 봐도 그렇다.

과몰입 청소년과 그 곁의 어른에게

지금까지 여러 음악을 통해 살펴본 미성숙과 오

글거림의 단면으로는 뜻대로 안 되는 일에 사사건
건 분통 터뜨리고 절망하기, 우울에 잠식된 채 가
족 등 가까운 타인에게 어정쩡하게 의존하기, 판타
지적 상상력과 관념적 화법 사용하기 등이 있다.
이것만으로도 분노의 얼굴로 팔 안쪽에 흑염룡을
품고 있는 청소년의 모습을 그릴 수가 있으니, 대
중음악이 이 정도로 중2병과 친한 예술 분야였나
싶다.

이 흑염룡 품고 사는 청소년들은 자라서 무엇
이 될까? 누군가는 자신들의 어린 시절을 소중하
게 여기며, 그 시절을 함께한 아티스트에게 새로운
가치를 부여하는 어른이 되기도 한다. 방탄소년단
의 RM과 슈가를 필두로, 에픽하이를 보며 음악 업
계에 입성한 종사자들이 그 예시다. 이 종사자들의
존재가 과거 힙합답지 못하다는 비난도 들었던 에
픽하이를 그 시대 한국 힙합의 상징으로 기억되게
만들었다. 음악 업계인이 되거나 월드 스타가 되지
않더라도 어린 시절 함께한 음악을 즐겁게 떠올리
며 행복해하는 어른이나, 어린 사람의 정서를 오래
도록 좇는 어른도 있다.

한편 또 다른 사람들은 자신이 성장기에 몰입했
던 음악이 사실 그 정도로 대단한 것은 아니지 않

왔을까 의심한다. 여러 경험을 통해 사고방식과 관점, 집중하는 주제가 바뀌며 이전에 몰입하던 음악에 대한 견해가 달라지는 건 당연한 수순이다. 어쩌면 청소년기의 과몰입이 그저 특정 도식을 따르는 일시적 현상일 수 있음을 잘 아는 이들은 어린 사람의 취향과 행동을 한심하게 취급하는 사람이 될 수도 있다.

그러나 그 누구에게도 남의 시간과 궤적을 재단할 권리가 없다는 걸 알아주면 좋겠다. 지금의 청소년들이 훗날 자신의 과거를 떠올리며 소위 '이불킥'할 미래가 보여도, 당신이 성인이라면 일단 청소년들이 관점을 바꾸는 과정을 자기 의지로 온전히 해나갈 수 있도록 지켜봐 줬으면 좋겠다.

그리고 당신이 청소년이라면, 지금 사랑하는 것을 치열하게 사랑하며 살아가길 바란다. 지금 내가 매료된 것이나 살아가는 방향에 대한 좋고 나쁨은 시간이 지난 뒤 자기가 직접 판단해도 늦지 않다. 자기 삶을 어떻게 규정하건 상관없지만, 그 기준을 누군가의 비난에서 찾지 않으면 좋겠다. 타인의 비아냥으로 채우기에는 너무 소중한 게 삶이니까.

당신의
차례

어떤 음악을 좋아하나요?

당신 ‖

당신의 플레이리스트 첫 번째 곡은?

당신 ‖

좋아했던 것을 후회하게 만든 가수가 있나요?

당신 ‖

논평

권
지
미

『알페스×퀴어』라는 책을 썼고,
『퀴어돌로지』라는 책을 함께 썼습니다.
퀴어 문화에 관심이 많고, 종종 글을 씁니다.

저급하고 일탈적인 음지 속 레즈비어니즘 훑어보기: 2010~2020년대 일본 AV 업계 종사자 여성들을 중심으로

여는 글

레즈비언에게는 게이들이 그러한 것처럼 즉석에서 이루어지는 일회적인 섹스를 쉽게 할 수 있는 공간이 없다. 레즈비언에게는 레즈비언 찜질방도 없고[*], 레즈비언 다크룸도 없다. 그리고 적어도 2024년의 한국 레즈비언들에게는, 그런 공간을 만

---

[*]물론 '레즈비언 찜질방'과 같은 공간을 만들려는 시도가 역사상 전혀 없던 것은 아니다. 캐스브라운, 『섹슈얼리티 지리학』, 이매진 (2018) 13장에서는 캐나다에서 운영된 '퀴어 여성 사우나'에 대해 언급하고 있다. 그러나 이러한 레즈비언의 일탈적 공간은 게이들의 일탈적 공간에 비해 오랫동안 운영되지 못하며, 일시적인 시도에 머문다.

들려는 의지도 딱히 없다. 2024년의 한국 레즈비언은 일회적인 레즈비언 섹스를 하기 위해서 주로 레즈비언 만남 애플리케이션을 이용한다. 섹스를 은유하는 메시지를 올리고, 그 메시지에 반응하는 쪽지가 오면 그것에 답하면서 오랜 시간을 주고받고서야 비로소 섹스라는 결과물, 혹은 섹스에 실패하는 결과물을 얻게 되는 것이다. 레즈비언 술집들, 클럽 등은 존재하지만, 그곳들은 편한 친구들과 놀러 가는 곳에 가깝지 일탈적 성애를 즐기는 공간은 아니다. 일탈적이고 일회적인 레즈비언 섹스가 일상적으로 존재하는 공간은 시스젠더[*] 헤테로 남성의 욕망에 복무하는, 혹은 복무한다고 비판받는 포르노그래피 속뿐이다. 많은 레즈비언 페미니스트들이 그러한, 실재하지도 않는 레즈비언 섹스를 조악하게 재현하는 포르노그래피를 비판하고 비난한다. 나 또한 그런 포르노그래피를 긍정하는 것은 아니다. 하지만 이 글에서 반포르노그래피 운동의 역사들, 포르노그래피와 페미니즘이 불화한 지점들에 대해 다룰 생각은 없다. (그런 이야기를 읽고

---

[*] 자신의 지정 성별과 성별 정체성이 일치한다고 느끼는 사람을 뜻한다.

싶다면 게일 루빈의 『일탈』을 읽길 바란다.) 나는 여성은 성적 주체로서 남성의 욕망에 복무한다고 여겨지는 포르노그래피 또한 이용할 수 있으며, 그 어떤 것이라도 다양한 섹슈얼리티를 재현하는 면이 있다면 사회 내 비주류 성에 대한 긍정적인 역할을 할 수 있다는 식으로 포르노그래피를 긍정하고 싶지도 않다. 또한 이 글에서는, 대안적인 페미니즘 포르노그래피라던가, 그동안 한국에서 나온 대안적 여성향 포르노그래피들에 대해서 이야기하지도 않을 것이다. 그 대신 나는 '진짜 여자'들이라면 혐오하는, 혹은 혐오해야만 하는 어떤 것들에 대해 말하고 싶다. '진짜 여자'라면, 홍석천의 유튜브 채널에 시미켄(일본의 유명 AV 남배우)이 출연했던 것을 혐오해야 한다. '진짜 여자'라면, 넷플릭스에 《성+인물》 시리즈나 《살색의 감독 무라니시》가 서비스 되는 것을 혐오해야 한다. '진짜 여자'라면, '허니팝콘'(일본 AV 여배우가 소속된 걸그룹)의 한국 활동을 반대해야 한다. '진짜 여자'라면…. 나는 이 목록을 끝없이 말할 수도 있다.

하지만 혐오스럽고, 저급한 그곳에는 어쨌거나 서로의 '보지'를 핥는 여자들이 있다. 레즈비어니즘이 있다.

이 글에서 나는 2010~2020년대에 일본 AV 업계에서 활동한 여성들이 어떻게 내밀한 레즈비언적 관계를 맺었는지, 어떻게 레즈비언적 수행을 했는지에 초점을 맞출 것이다. 그들 중에는 커밍아웃을 한 이들도 있지만, 그렇지 않은 이들도 있다. 그렇기에 그 여성들 간의 관계나 그 여성들의 수행을 어떻게 특징화하고 정의할 것인가에 대해서는 논쟁의 여지가 있을 수 있다고 생각한다. 사실 '레즈비언'이라는 언어는 그녀들의 다양한 수행을 충분히 포괄하지 못할 수도 있다. 그럼에도 내가 그녀들에게 레즈비언이라는 이름을 주는 것은, 내가 아니면 아무도 그녀들에게 그런 이름을 주며 바라보지 않을 것이라는 걸 알기 때문이다. 아무도 그녀들에 대해 제대로 기록하거나 정리하지 않았다. 일본 AV의 주 시청자인 이성애자 남자들은 섹스를 보고 싶어 했을 뿐, AV 여배우들 간의 레즈비언 연애사 같은 것에 큰 관심이 없었고, 레즈비언 여자들은 AV를 혐오하고 더러워했기 때문이다. (그리고 그건 그럴 만큼 악취가 나긴 했다.) 나는 아마도 이성애자 남자들로만 가득 찬, 여성을 부위별로 품평하며 '페미'를 저주하는, 더럽고 추잡한, 인터넷 공간을 드나들며 정보를 수집했다. 그러나 내가 그녀들을 알아갈수록 그녀들은 나만 아는 1920년대의 파리 좌안 여자들[*], 레즈비언이 되어 갔다.

◆◆◆

시이나 소라: AV 업계의 유일한 티부[**], '벅찬 부치'

일본 AV 여배우 중엔 바이섹슈얼로 커밍아웃한 사람이 많다. AV 커뮤니티에서는 그런 바이섹슈얼 커밍아웃에 대해 상업적 성공을 위한 기믹(상술) 일 뿐이라고 일축하는 이들도 많다. 하지만 아무리 '바이섹슈얼 여자'라는 걸 섹시한 기믹으로 여기

---

[*] 1920~1930년대에 파리 좌안을 터전으로 삼은 여자들 중에는 자유와 해방을 만끽하고, 당시 문화와 유행을 이끌며 레즈비언 공동체를 만들던 여자들이 있었다. 그녀들, 콜레트, 래드클리프 홀, 우나 트루브리지, 르네 비비엔, 나탈리 바니 등에 대해 더 알고 싶다면 안드레아 와이스의 『파리는 여자였다』,에디션더블유(2008), 게일 루빈의 『일탈』 현실문화연구(2015) 등을 참고하길 바란다.

[**] '티나는 부치'를 의미한다. 부치라는 용어는 레즈비언 사이에서 보다 남성성을 띄는 사람을 일컫는 말이다. 부치는 외모적으로 남성적일 수도, 그렇지 않을 수도 있지만, 퀴어한 특징이 재차 강조되는 '티부'라는 용어는 그 주체가 짧은 머리를 하고 남성복을 입으며, 남성적인 어투와 행동 양식을 사용하는 레즈비언이라는 의미를 내포한다.

는 남자라도, 시이나 소라의 퀴어함은 무시하지 못한다. 아니, 오히려 그녀가 표명한 바이섹슈얼리티를 의심하기도 한다. "진짜 바이 맞아? 남자랑 섹스할 때 너무 혐오하고 느끼지도 못하는 것 같다"와 같은 글들이 올라오는 것을 자주 보기도 했다. 때때로 그녀는 자기 자신을 레즈비언이라고 말하기도 한다. 어쩌면 그녀는 호모플렉시블*일지도 모른다. 아무튼 나는 그녀, 시이나 소라의 여성 간 연애사 및 그녀의 레즈비언 '부치' 수행에 대해서 말하고 싶다.

AV 여배우로 데뷔하기 전, 시이나 소라는 전문대에서 카메라를 배운 뒤 디자인 회사에서 촬영 보조로 일하면서 롯폰기의 골드핑거(신주쿠 니초메에 있는 유명 레즈비언 바(Bar)인 골드핑거와는 다른 곳이다)라는 갸바쿠라에서 일했다. 그곳에서 그녀는 쓰키시마 나나코라는 여자를 만났는데, 쓰키시마 나나코는 스스로 집에 불을 지르거나 집안을 부수거나 유명 연예인과의 섹스 프렌드 관계를 고백하거나 알몸으로 기타를 치며 인터넷 방송을 하던

---

* 동성에게 더 감정을 느끼지만 이성애도 가능한 성적 지향이다.

'니코동의 미친년*'으로, 역시 골드핑거의 갸바쿠라 걸이었다. 시이나 소라는 유치원을 다닐 때부터 자신이 양성애자라는 걸 알고 있었다고 하고, 쓰키시마 나나코는 시이나 소라를 만나기 전까지는 자신을 이성애자로 여겼다고 한다. 어쨌거나 둘은 연인 관계가 되었다. 그 후 쓰키시마 나나코는 AV에 데뷔했고, 쓰키시마 나나코의 제의로 시이나 소라 또한 2015년 AV에 데뷔하였다. 시이나 소라는 AV 데뷔 후 엄마에게 걸려서 혼이 났던 적이 있었지만, 엄마에게 "AV 세계에 '진짜 레즈비언'은 없으니까 내가 그 세계를 바꾸겠다."라고 말해 엄마를 설득했다고 한다. 2016년에 시이나 소라는 연인인 쓰키시마 나나코와 함께 레즈비언 AV를 찍었다. 그 AV의 콘셉트는 '레즈 해금** 오프회'로, 시이나 소라와 쓰키시마 나나코의 여성 팬 서너 명을 그녀들이 함

---

* 쓰키시마 나나코는 인터넷 방송을 하던 시절 '남혐'을 했다는 소문도 있다. 그녀의 방송을 볼 길이 없어 확인할 순 없었지만, 재미있는 소문이라고 생각했다.

** 사실 레즈비언물은 AV 여배우들이 찍는 걸 크게 선호하지 않는 장르 중 하나이다. 타카토 루이의 만화 『지옥에 떨어진 아이돌』, 바닐라 (2020)에서는 AV 여배우들이 꺼려하는 3대 금기를 레즈물, SM물, 스캇물이라고 언급하기도 했다. 어느 AV 여배우는 자신의 소속사가 블랙이었지만, 그래도 최소한 레즈물이나 스캇물을 찍기 2주일 전에는 안내를 해줬다는 인터뷰를 하기도 했다. 2주 동안의 마음의 준비가 필요한, 레즈비언물을 처음 찍게 되면, 그 작품은 《레즈 해금》이라는 타이틀이 붙여 팔리게 된다.

께 동거하는 자택으로 초대하여 둘의 섹스를 보여주는 다큐멘터리 형식이었다. AV의 감독을 맡은 여성인 마사키 나오가 그녀들의 집에 방문했고, 둘은 함께 찍은 사진을 감독에게 보여주거나, 함께 키우는 고양이를 쓰다듬고(여성 커플들이 동거하며 고양이를 키우는 것은 물론 레즈비언들 사이에서 정말 자주 일어나는 일로, 상당히 레즈비언 클리셰적이었다고 할 수 있다.) 팬들에게 대접할 요리를 준비하며 사랑 가득한 친근한 태도로 서로가 서로를 대했다. 그리고 그 좁고 생활감 넘치는 물건들이 가득한 둘의 집에서, 그녀들을 둘러싼 서너 명의 여성 팬들(사실 그녀들이 정말 어떻게 이 영상에 출연하게 된 건진 난 모르는 일이다….)에게 선사하듯이, 그녀들은 벌거벗고 섹스를 나눈다.

이후 시이나와 쓰키시마는 '비비안즈'라는 비비안* 전속 레즈비언 유닛으로 활동하게 된다. 비비안즈의 모든 작품들은 역시 앞선 작품을 찍은 마사키 나오의 감독으로 제작되었다. 비비안즈로 활동하면서, 둘은 서로가 보는 앞에서 다른 AV 여배우와

---

* 레즈비언물 AV 전문 제작사이다.

섹스하는 NTR물*을 찍기도 했고, 홋카이도, 오사카, 나고야, 도쿄 등 일본 5대 도시를 종횡하며 4박 5일간 레즈비언 헌팅(그러니까 길을 다니면서 지나가는 여자에게 자신들과 함께 레즈비언 포르노를 찍자는 헌팅을 하고 실제로 함께 레즈비언 포르노를 찍었다.)을 하는 다큐멘터리물, 허니문 여행을 떠나는 다큐멘터리물, 쓰키시마 나나코가 등에 용 문신을 새긴 야쿠자의 부인이고 시이나 소라가 양키 소녀로 나오는 드라마물, 벽에 구멍을 뚫은 뒤 엉덩이를 내밀어 서로의 보지가 맞는지 맞춰 보는 기획물 등을 찍기도 했다. 비비안즈는 AV 업계 내외에서 모인 비비안즈 팬 여성들이 참가한 레즈비언 난교물을 마지막으로 2017년에 해체하였다.

알려진 바로는, 시이나 소라와 쓰키시마 나나코는 2016년 10월에 헤어졌다고 한다. 그 뒤에 시이나 소라는 미야자키 아야 라는 다른 AV 여배우와 사귀게 된다. 항간에는 시이나 소라가 미야자키 아야와 바람피워서 쓰키시마와 헤어졌다고도 하고,

---

* NTR[寝取られ, 네토라레]은 주로 일본 AV 및 일본 포르노그래피에 등장하는 장르이다. 이 장르는 연인 관계에 있는 연인 중 한 명이 바람을 피우는 과정을 묘사하고, 이 과정에서 남은 연인은 방관자로서 무력하게 견뎌야 한다.

시이나 소라가 쓰키시마 나나코에게 차인 것이라
고 하기도 하고, 그저 둘은 성격 차이로 헤어진 것
이라고 하기도 한다. 아무튼 시이나 소라와 쓰키시
마 나나코의 결별 이후, 쓰키시마 나나코는 AV 업
계에서 은퇴하였다.

　시이나 소라는 미야자키 아야와 연애하며 또 그
녀와 동거도 했다. 그녀들의 동거 시절, 미야자키
아야는 청소, 세탁, 요리 등 모든 집안일을 도맡아
하는 가정적인 스타일이었다고 한다. 둘은 매일 함
께 목욕하고 껴안고 잤고, 외출할 때면 보이지 않
을 때까지 손 키스를 날리며 배웅했다. 미야자키
가 AV를 촬영하러 나가야 할 때면, 시이나는 진심
으로 질투하고 울기도 했다. 그러나 시이나 소라
는 이렇게 사랑했던 미야자키 아야를 내버려두고
(또?) 바람을 피웠고, 미야자키 아야와 헤어지게
된다. 결별 후 미야자키 아야가 공식적으로 AV 은
퇴를 발표하자, 시이나 소라는 트위터로 "이제 볼
수 없으니까, 솔직하게 말하자면 (미야자키 아야
를) 보고는 싶지만 (은퇴 현장에) 가지 않겠다"며
둘의 사이가 완전히 정리되었음을 알렸다.

　아마도 두 번의 공개 연애 이후로 피로감을 느낀
탓일까, 그 후로 시이나 소라는 공식적으로는 애인

이 없었다. 그러나 팬들 사이에서는 공공연하게 시이나 소라의 다음 연인들이 입에 오르내리곤 했다. 가장 많이 언급된 것은 아이자와 미나미라는 AV 여배우이다. 둘은 연인같이 사이 좋은 모습을 보였지만, 공식적인 연애 인정은 없었다. 그러나 둘은 2019년에 함께 대만 퀴어 퍼레이드에 함께 참석하기도 했다.

공개적인 커밍아웃 및 여성 간 연애, 퀴어 행사 참석 등의 활동 외에도 시이나 소라는 언제나 레즈비언 수행에 적극적이었다. 그녀는 수많은 레즈비언물 AV를 찍었고, 기획 회의 때 본인 스스로 기획을 짜서 메이커에 제시하는 경우도 많았다. 남자와 이성애 섹스를 하는 AV도 물론 많이 찍긴 했지만, 그런 포르노그래피 속에서도 시이나 소라에게는 침범할 수 없는 '레즈비언다움'이 있었다. AV 팬들은 시이나 소라가 남자와 할 때는 느끼지 못하는 것 같은데, 여자와 할 때는 행복해 보인다, 여자들에게 쾌락을 제공하는 것 자체를 즐거워하는 것 같다고 자주 불평했다. 어떤 AV 속에서 시이나 소라는 아예 '재수 없는 레즈비언년'이었다. 그 AV 속에서 주인공 남자는 시이나 소라에게 여자친구를 빼

앗긴다. 시이나 소라는 짧은 머리에 전형적인 부치 스타일을 하고 있었고, 여자친구 역할의 배우는 검은 긴 머리를 하고 있었다. 남주인공은 앙심을 품고 시이나 소라를 납치하고 강간하며, 티부인 시이나 소라에게 억지로 로리타 드레스를 입히며 굴욕을 주었다. 이어서 시이나 소라는 묶여 있는 채로 울부짖는 여자친구 앞에서, 남주인공과 그 일당들에게 윤간을 당하지만, 그녀는 끝까지 '가오' 있는 부치의 자세를 보여 주었다. 남주인공이 "이렇게 강간을 당하니까 좋지? 네까짓 년도 결국 좆이 좋은 여자아이야." 같은 대사를 내뱉을 때, 시이나 소라는 그저 내내 지루한 표정을 지으며 "지루하다. 얼른 싸고 끝내." 이런 퉁명스러운 태도로 일관했다. 마지막에 남주인공이 "강간해 주셔서 감사합니다 해야지."라는 말을 하자, 시이나 소라는 대충 "아, 네. 감사합니다."라고 귀찮은 듯이 말했다. 보고 있던 나는 그녀의 '가오'에 감명을 받았다.

물론 이런 포르노는 정말 레즈비언 혐오적이다. 그러나 이런 레즈비언 혐오적인 스토리의 포르노를 찍을 수 있었던 건, 어쨌거나 시이나 소라가 정말로 그들에게 '재수 없는 레즈비언년'이었기 때문이다. 그녀는 요즘 한국 남자들이 혐오하는 짧은 머리, 보이쉬한 차림으로, AV를 보는 남자들이 그렇게 갈망하는 AV 여배우들과 자고, 그녀들과 사귀고, 그녀들에게 가사 노동을 시키며 함께 살고, 함께 놀고, 행복해한다. 개인적으로 나는 시이나 소라가 이렇듯 벅차게 잘나가는 부치로서 성적으로 활발히 사는 모습을 지켜보며 대리 쾌락을 느낀다. 보통의 부치들은 아무리 여자랑 자고 싶어도, 남자랑 섹스하는 AV 여배우가 되는 모험까지는 하지 않는데, 시이나 소라는 여자에게 깁을 주는[*] 걸 그렇게 즐기는 부치인데도 AV 여배우 일을 하며 오히려 부치 없는 여초 공간 속 유일한 티부로서 여자들을 잔뜩 누리며 즐겁게 산다. 남자와 자는 동영상을 잔뜩 찍어야 하는 자신의 직업이 오히려 '머짧 부치' 오픈리 레즈비언으로 활발히 성생활을 하기에 너무나도 좋은 환경임을 스스로 입증해 내며 살아간다. 이것이 AV 세계 속 수많은 여성애자 여성들 중 시이나 소라의 이야기를 가장 먼저 한 이유다.

---

* 성소수자 은어에서 '기브(혹은 깁)'는 여성 간 성관계를 맺을 때 보다 능동적인 포지션, 삽입하는 포지션을 뜻한다. 반면 '테이크(혹은 텍)'는 여성 간 성관계를 맺을 때 보다 수동적인 포지션, 삽입되는 포지션을 뜻한다. 이에서 비롯된 깁을 주다, 깁 주다 라는 말은 여성 간 관계 시 삽입을 해준다(혹은 그에 걸맞은 쾌락을 선사해 준다)는 뜻이다.

마사키 나오: 레즈비언 AV계의 스필버그가 만들어 내는 레즈비어니즘

마사키 나오는 양성애자로, AV 여배우 출신의 감독이다. AV 배우로 데뷔하기 전 대학 시절, 여자친구와 동거했으며, 그 여자친구와 헤어진 후에는 쭉 남자만 만났고, 2018년 이후로는 남자와 결혼한 상태이다. 그녀는 주로 레즈비언물이나 SM물을 촬영하며, "좋은 작품은 마사키 나오의 손을 거친다.", "레즈비언 계의 스필버그"라는 평을 받기도 했다. 앞서 다룬 비비안즈 작품도 모두 마사키 나오가 찍었다. 그녀는 AV 여배우들의 마음을 잘 보살펴 주는 것으로 명성이 높아, 업계에서 최고봉 대우를 받는다고 한다. 솔직히 AV는 여배우를 보고 시청하지, 감독을 확인하고 보는 경우는 드문데, 마사키 나오 감독은 AV 작품에 직접 출연하는 경우도 있기 때문에 유명해졌다.

마사키 나오 감독의 수많은 레즈비언 AV 작품 중, 나는 마쓰모토 이치카와 하스미 쿠레아라는 두 여배우와 함께 찍은 작품(품번은 LZDQ-020이다.)에 대해서 이야기하고 싶다. 이 작품은 마사키 나오의 단골 장르인 레즈비언 다큐멘터리물로, 제목은 《레슨으로 전하는 레즈비언 AV의 메시지~둘이 사랑하기까지의 하루》이다.

마쓰모토 이치카는 레즈비언 AV를 이 작품 전에 몇 개 찍은 적 있지만, 레즈비언 섹스는 힘들다고 여겼다. 마사키 나오와의 인터뷰에서 마쓰모토 이치카는, "여자를 별로 안 좋아하는 거야?"라는 질문에 이렇게 답했다. "여자를 싫어하는 건 아닌데요. 거기(여성의 성기를 뜻한다.)에 손을 넣는 것에 대한 공포심이 있어요. 내가 뭔가 잘못하면 어쩌나 싶어 무서워요." 아아, 깁을 잘하지 못하는 레즈비언들이 흔히 갖는 공포심이다! 나는 이런 공포를 가지고 있는 레즈비언들을 몇몇 만나 왔다. 그녀들은 그런 공포 때문에 온텍*으로 전향하기도 했다. 다행히도 마사키 나오는 마쓰모토 이치카가 깁에 대한 공포심을 없앨 수 있게끔, 마쓰모토 이치카가 평소에 좋아한다고 언급했던 베테랑 여배우 하스미 쿠레아와 함께 레즈 작품을 찍을 수 있도록 했다.

7년 차 여배우인 하스미 쿠레아는 평소에도 여자아이들을 아주 좋아하고, 레즈 섹스도 자주 하

---

* '온텍'이란 성소수자 은어에서 오로지 '테이크'만 받는 사람을 의미한다.

는 타입이라고 한다.[*] 그렇다고 해서 커밍아웃한 바이섹슈얼이거나 그런 종류의 이름으로 자신을 명명한 것은 아니지만, 아무튼 세상에는 이런 방식으로 살아가는 여자도 있다. 하스미 쿠레아는 긴장하고 있는 마츠모토 이치카에게 "나도 처음엔 여배우에게 넣는 게 무서웠어. 어느 정도의 손가락 힘으로 넣어야 하는지 잘 모르니까. 근데 나는 (질에 무엇을 어떻게 넣어도) 전혀 아프지 않으니까 마음껏 해봐."라고 말한다. 마쓰모토 이치카의 얼굴이 점점 밝아지고, 마사키 나오 감독이 하스미 쿠레아에게 묻는다. "레즈 작품에서 제일 중요한 게 뭔가요?" 하스미 쿠레아는 이렇게 답한다. "너무 배려하려고 하면 안 된다는 거? 너무 배려만 하면 '그냥 적당히 찍자.'처럼 되어버리니까." 하스미 쿠레아는 예전엔 처음 레즈물을 찍는 여배우와 함께 할 때 상대를 지나치게 배려했던 적이 많았지만, 지금은 그렇게 하지 않는다고 말한다. (아마도 헤테로일) 여배

---

[*] 참고로 하스미 쿠레아는 비비안즈의 마지막 작품인 '비비안즈의 여성 팬들이 참가한 레즈비언 난교물' 속 비비안즈의 여성 팬 중 한 명이기도 했다. 현재 하스미 쿠레아는 AV 여배우를 은퇴하고 AV 여배우들이 점원으로 있는 걸즈바를 운영하고 있다. 장사가 꽤 잘 되는 모양인 듯, 2호점을 오픈했다는 소식도 들리며, 명품 가방 등을 잔뜩 가지고 다니는 모습이 트위터에 올라와 한남들을 부글부글하게 만들기도 했다.

우에게는 자신과의 섹스가 유일한 레즈비언 섹스 경험일 수도 있음으로, 상대의 귀중한 경험을 위해 최선을 다하고 싶다고 말한다. 이 작품 속에서 마쓰모토 이치카는 결국 깁을 하긴 하지만, 끝내 완벽하게 하지는 못한다. 마지막 장면에서 마쓰모토 이치카는 엉엉 운다. 하스미 쿠레아 씨가 뭐든 할 수 있게 도와주었는데도 본인이 부족했다면서 아이처럼 우는데, 이 와중에도 하스미 쿠레아는 이치카를 다정히 위로해 주고 다독여 준다.

이 작품 이후로 몇 년 후, 마쓰모토 이치카는 하스미 쿠레아의 남자 버전이 이상형이라고 언급하기도 했다. 여전히 그녀는 어설프게 깁을 하는 헤테로 여자지만, 그래도 레즈비언물을 편하게 자주 찍고 좋아하는 여배우와 함께 레즈물을 찍고 싶다고도 말하는 사람이 되었다. 《레슨으로 전하는 레즈비언 AV의 메시지~둘이 사랑하기까지의 하루》는 그러니까, 레즈비언 성장 다큐멘터리라고도 할 수 있는 것이다. 마사키 나오, 그녀가 만들어 내는 이런 레즈비언 이야기는 다른 어디를 가서도 볼 수 없다.

스노하라 미키: AV의 케이트 블란쳇, 레즈물의 마에스트로

앞서 말했지만, 일본 AV 업계에는 정말 여성애자 여성들이 많다. 지면이 더 있다면, 은퇴하고 여자랑 결혼한 바이섹슈얼 AV 여배우인 아베노 미쿠, 자신을 레즈비언이라 공언하고 데뷔 후 한 번도 남성과의 관계를 담은 AV를 찍지 않은 하라 사쿠라, "여자하고 섹스하고 싶을 땐 고추가 생겼으면 좋겠는데 그럴 순 없어서 여자와 사귈 생각이 없다."라고 트윗 한 무카이 아이, 팬들이 연애 12년 차라고 말하는 하타노 유이와 오쓰키 히비키의 관계성 등등에 대해서도 말하고 싶지만, 이제 한 꼭지 정도만 말하고 글을 마무리해야 한다. 그렇다면 어쩔 수 없이 스노하라 미키에 대해 말할 수밖에 없다.

내가 스노하라 미키에 대해 알기 전부터, 나는 어떤 영상을 알고 있었다. 그 영상은 어느 일본 성인 방송에서 한 여자가 핑거 섹스에 대해 가르치는 영상이었다.[*] 핑거 섹스에 대해 가르치는 글들은 많

---

[*] 이 영상은 현재 유튜브에서는 내려갔는지 찾을 수 없다. '일본 예능에서 알려주는 멜론 먹는 법'이라는 키워드로 구글에서 동영상 검색을 하면 한 페이스북 페이지에서 영상을 볼 수 있다.

지만, 문자로 이것을 설명하기에는 분명 막히는 부분이 있다. 그렇다고 레즈비언 포르노그래피를 참고하자니, 대부분의 레즈비언 포르노에는 너무 말도 안 되는, 실제 레즈비언 섹스에서 잘 사용되지 않는 무리한 플레이들이 과하게 자주 나와서 참고 영상으로 추천하기 어렵다. 그 성인 방송 영상은 여성의 성기에 손가락을 집어넣어서 깁을 줄 때 어떻게 해야 하는지 '그나마' 현실적으로 설명해 주는 영상이었다. 남자가 나와서 이렇게 손을 넣으면 여자가 좋아한다고 말하는 게 아니라, 여자가 나와서 여자 입장에서 이렇게 하는 것이 좋다고 설명하는 영상이라 다른 것들보다 나았던 것 같다. 나는 여자에게 깁을 주는 법을 도무지 모르겠다고 말하는 퀴어 친구들에게 이 영상 주소를 몇 번 보내기도 했었다. 나중에야 알게 된 것이지만, 거기서 멜론에다가 깁을 하면서 핑거 섹스를 가르쳐 주던 그녀는 바로 AV 여배우인 스노하라 미키였다.

스노하라 미키는 미녀다. 예쁘고 섹시하고 모든 역할에서 연기를 잘하고 특히 레즈비언 연기를 끝내주게 잘하기 때문에 AV계의 케이트 블란쳇이라고도 불린다. 그녀는 사실 원래 부유한 집안에서 자랐고, 의대에 다니고 있었다. 그러다가 다른 사람을 돕고 싶다는 이유로 AV에 데뷔했다. 의사가 되어서도 사람을 도울 수 있지만, 사람의 생명을 구하는 것이 정말로 사람에게 도움이 되는지 회의적이었는데, 마침 그 당시 대학 수업에서 매슬로의 욕구 단계설[*]을 배웠다고 한다. 그 이론에 따르면 가장 원초적인 욕구인 생리적 욕구 중 성욕이 있는데, 그녀는 "내가 채워줄 수 있는 타인의 욕구에 대해 생각해 보았을 때, 성욕이라면 내 몸 하나로 초기 비용 없이 시작할 수 있다고 생각했다. 처음에는 풍속도 생각했지만, AV가 도움줄 수 있는 대상자도 더 많고 경제도 돌릴 수 있다고 생각했다."라는 인터뷰를 했었다. 그녀는 자신의 몸 하나로 인간의 기본적인 욕구 중 하나를 충족시킬 수 있다면 그 의의가 있다고 생각한 것이다. 원래 레즈물을 찍지 않았지만, 많은 팬들에게 만족을 주기 위해서라는, 역시 이타적인 이유로 레즈물을 해금했다. 그리고 그 첫 레즈비언 AV 작품을 찍은 것 역시, 레즈계의 스필버그, 마사키 나오였다. 마사키 나오는 당시 레즈비언 섹스에 대해 거부감을 가지고 있던 스

---

[*] 매슬로의 욕구 단계설은 인간의 욕구가 그 중요도별로 일련의 단계를 형성한다는 이론이다. 이 이론에 따르면, 인간의 가장 원초적인 욕구는 허기를 면하고 생명을 유지하려는 생리적 욕구로 의복, 음식, 가택을 향한 욕구에서 성욕까지를 포함한다.

노하라 미키를 여러 번 달래고 설득하여 베테랑 여배우와 작품을 찍게 해주었다. 그 후 스노하라 미키는 많은 레즈물 AV에 출연하였고, 심야 방송에서 AV에서의 레즈비언 섹스와 보다 실제적인 레즈비언 섹스의 차이에 대해서 이야기할 만큼 사생활 면에서도 레즈비언이 되었다.

여는 글에서 말했듯, 많은 레즈비언 포르노그래피에서 레즈비언 섹스를 조악하게 재현한다. 그것은 실재하는 레즈비언 섹스와 차이가 있고, 그런 차이들이 보고 있는 레즈비언을 슬프게 하기도 한다. 하지만 어쨌거나 그러한 레즈비언 포르노 속에는 여자의 보지를 빠는 여자들이 있다. 서로의 보지에 손가락을 넣는 여자들이 있다. 또 그것으로 시작해 레즈비언이 되는 여자들도 있다. 너무나 저급하고 혐오스럽고 쓰레기 같은 것이라도 말이다. 물론 레즈비언이 '되는' 것이 뭐 그리 좋은 일이라고 이렇게 길게 쓰고 있냐고 할 수도 있다. 좋은 일일 수도 있지만 딱히 좋지 않은 일일 수도 있고, 나도 모르겠다. 하지만 괴상한 일이라고 생각한다.

갑자기 조금 다른 이야기를 한다고 생각할 순 있겠지만, 나는 얼마 전 《홍석천의 보석함》을 본 이야기를 하고 싶다. 게이로 커밍아웃한 이가 나와서 남성의 몸을 게이의 눈으로 훑고 평가하는 그 프로그램을 보면서, 나는 레즈비언은 이런 걸 할 수 없겠지라고 생각했다. 레즈비언으로 커밍아웃한 이가 나와서 여자를 품평한다니.《문명특급》의 재재처럼 암묵적 무성애 기반의 '여초 커뮤니티 주접'이 아니라, 정말로 유성애적으로 그녀의 보지에 손가락을 넣고 싶은, 여자를 탐하는 욕망을 담아 여자를 훑어낸다면, 적어도 한국 여자들은 그런 것을 혐오할 것이다. 헤테로 여성과 레즈비언 여성들이 손을 맞잡고 그런 저급한 프로그램의 폐지 운동을 펼칠 것이다. 뭐, 헤테로 여자들이야 그런 프로그램을 좋아해야 할 이유가 없다. 레즈비언 여성들은, 자신이 헤테로 남성이 되는 것, 헤테로 남성에 가까워지는 것, 헤테로 남성이 끼어드는 것을 너무나도 거부하기 때문에 그 프로그램을 싫어할 것이다. 게이 남성은 헤테로 남성이 싫어하든 말든 남성애적인 콘텐츠를 만들 수 있다. 그들은 헤테로 여성들의 지지를 받기 때문이다. 게이가 남자 몸을 탐하는 것은, 여태껏 남자 몸이 그렇게까지 구석구석 대상화된 적이 드물기에 헤테로 여성들이 즐거워하는 콘텐츠가 된다. 그러나 레즈비언이 여자의 몸을 구석구석 탐하면 '한남'이 되고, 헤테로 여성들의 혐오를 받는다. 레즈비언 역시 헤테로 여성이 싫어하는 헤테로 남성이 될 순 없어서 결국 아무것도 하지 못한다. 더 슬픈 것은 그렇게 격렬하게 혐오스러운 '한남'이 되기를 거부하는데도, 사실 어떤 레즈비언은 이미 어느 정도 '한남'이기도 하다는 것이다.

여자들은 어떤 세계의 여자들을 여자로 끼워주지 않는다. 그 어떤 세계는 AV 업계이기도 하고 성 노동판이기도 하다. 대충 '한남'의 영역을 비여성이라고 취급한다고 보면 된다. 레즈비언은 여자 되고 싶기에, 혹은 여자이기에 역시 그런 세계에서 레즈비언을 찾으려 하지 않는다.

하지만 분명히 그곳에는 레즈비언들이 있다.

당신의
차례

당신은 어떤 것을 수행하면서 살아가나요?

당신 ‖

퀴어 퍼레이드에 참석하나요? 그 이유는 무엇인가요?

당신 ‖

사랑에 빠졌을 때 당신은 어떻게 행동하나요?

당신 ‖

OFF THE
RECORD BOOK

왼쪽 눈꺼풀과의 이야기

새로움	**왜 눈꺼풀을 선택하셨나요? (신체 부위는 인터뷰이 본인이 직접 골랐다.)**
왼쪽 눈꺼풀	부위들이 다 재미있더라고요. 고민을 하다가 결국 눈꺼풀을 택했어요. 시각적인 것에 대한 욕심이 있어서요. 눈으로 보는 것. 눈꺼풀을 열고 닫는 것이 주는 기쁨이 있다고 생각해서 즉흥적으로 골랐어요.
새로움	**원래 앞에 다른 분들이 고르신 게 있어서 후보 목록을 보내드린 다음에 이거는 빼고 고르셔야 한다고 말해드릴 생각이었어요. 그런데 제가 그럴 겨를도 없이 눈꺼풀이라고 대답해 주셨어요. 마침 눈꺼풀을 아무도 고르지 않았거든요.**
왼쪽 눈꺼풀	제가 눈에 관심이 많아서. 그게 제일 큰 이유가 아니었을까 싶어요.

☐

새로움	**전에 호박죽 트윗 올리신 것도 봤는데, 왼**

쪽 눈꺼풀 님은 색깔이 있는 죽을 되게 좋
아하시는 것 같아요.

왼쪽 눈꺼풀 저 죽 먹는 거 되게 싫어해요. 아플 때
만 먹으니까요. 그런데 그 죽이라는 물
질 자체는 굉장히 아름다운 물질이라고
생각해요. 죽이 대상으로 삼는 사람들은
대부분 아픈 사람들이라는 점에서 무척
평화로운 음식이라고 생각해요. 두 번째
는 씹지 않아도 된다는 점. 육식으로 대
변될 수 있는 강한 폭력성이 있잖아요.
가장 뭉근한 형태로 만들어서 송곳니로
물어뜯는 등의 과정도 거치지 않고 안으
로 수용하는… 되게 아름답지 않나요?
물론 저는 죽이 대체적으로 맛없다고 생
각하지만 그 알맹이만 보면 정말 사람이
살기를 원하는 마음에서 발명된 음식 같
아요.

새로움 당신에게 먹는 행위는 어떤 의미를 갖고 있
나요?

왼쪽 눈꺼풀 복잡해요. 섭식하고, 삼키는 것은 어떤

면에서 너무나도 환하고 행복한 이야기고 한편으로는 엄청 슬프고 남루한 이야기죠. 양가적인 행위예요. 먹는 행위라는 것 자체는 입으로만 이루어지는 건 아닌 것 같아요. 눈으로 보고 즐기는 마음도 있잖아요. SNS에 게재된 음식 사진들을 보면 질료들이 지닌 빛깔이나 형체나 증기 같은 게 포착되어 있죠. 저는 그게 전부 먹음의 일부를 구성한다고 생각해요. 눈꺼풀의 입장에서 바라보면 굉장히 행복하죠. 아름답거든요. 갈았을 때 나는 향과 촉감, 기름기, 아주 미세한 기름기들, 윤이 나는 음식을 보면 전 정말 즐거워져요. 그런데 뒷면도 있죠. 앞서도 말했지만, 음식을 만들 때는 분지르거나 살육하는 행위가 동반돼요. 죄책감을 갖지 않을 수 없죠. 그래서 저는 음식을 먹을 때는 반반의 마음을 먹는 거라고 생각해요.

새로움   **『저 이승의 선지자』라는 SF 소설에도 전체와 부분에 대한 재미있는 이야기가 나와요. 혹시 읽어 보셨나요?**

왼쪽 눈꺼풀 아뇨. 어떤 내용이에요?

새로움 세계의 존재들이 모두 다 하나인 세상이 있어요. 그들은 살면서 한 번쯤 일부가 되는 체험을 하기 위해 지상으로 내려와 인간이 되어서 타인이나 사물들과 '떨어져 있다는' 감각을 경험하고 와요. 물론 이승에서 돌아오면 다시 전체가 되지만요. 그곳에 사는 존재들은 모든 것이 자기 자신과 다름없다고 진심으로 믿기 때문에 벽도 문도 그냥 통과할 수 있어요. 피가 필요할 때를 제외하고는 몸 안에서 막힘없이 돌아다니는 것이 당연한 것처럼요. 그런데 그중 한둘에게는 이승 체험이 많이 재밌었던 거에요. 나와 상대를 구분해서 상대를 나의 시선으로 바라보는 것이요. 나는 개별적인 존재라는 생각이 마음속에 뚜렷하게 남아서 본래 살던 세상으로 돌아와도 벽과 내가 하나라는 생각이 더 이상 들지 않는 거에요. 그걸 믿지 않게 되면 이제 다른 존재들을 통과하거나 할 수 없어요. 부분으로 존재하게 되어 버리는 거죠. 그렇게 된 존재는 마지막에 결국 이승에서 인간으로 살아가게 돼요.

그런 전체와 부분, 사랑에 대한 이야기거든요. 슬픈 이야기는 아녜요.

왼쪽 눈꺼풀 전체과 부분에 대해서는 항상 고민하게 되는 것 같아요. 저도 제가 어디에 서는 게 맞는지 늘 헷갈리거든요. 어떨 때는 부분이라는 게 필요한 것 같아요. 전체라는 이름으로 침해당하는 것들이 많잖아요. 가족 개념이라던가 이성애, 표준화된 전체 개념에서 튀어나오는 부분들을 인정하지 않는 것과 같은 일들이요. 그래서 어떤 예술가적 자의식이 강한 분들은 개인을 강조하곤 해요. 쿨한 사람들이죠.

▭

새로움 책을 좋아한다고 하셨는데, 그 말이 대략 두 가지로 해석될 수 있잖아요. 그 안에 담긴 이야기를 좋아하는 것과 책 자체의 물성을 좋아하는 것이요. 눈꺼풀 님은 어느 쪽이신가요?

왼쪽 눈꺼풀   둘 다 좋아해요. 내용만 좋았다면 전자책도 편안하게 읽을 수 있어야 할 텐데 저는 전자책이 힘들거든요. 제가 나이가 적잖은 눈꺼풀이라 그런지 전자책을 읽고 나면 분명 제가 상호작용 한 텍스트임에도 불구하고 기억이 잘 안 나요. 이상해요. 그런데 물성을 지닌 책을 본 경험들은 항상 다 기억이 나요. 물론 완벽하게 기억하진 못하지만 어느 페이지의 왼쪽 면 위에 있었다는 느슨한 기억은 나더라고요. 왜 그런지 생각해 봤는데, 물질로서의 책도 좋아하기 때문에 그런 것 아닌가 싶어요. 전 좋아하는 게 참 많은데, 지금도 저기 창밖에서 조그맣게 바람이 부는 게 참 좋아요.

새로움   <u>창문을 좋아하실 것 같아 여기로 골랐어요.</u>

왼쪽 눈꺼풀   고맙습니다. 먼 산 보는 걸 정말 좋아해서요.

☐

새로움	**저는 누구인가요? (모든 인터뷰의 마지막 질문이다.)**
왼쪽 눈꺼풀	저는 질문자분께서 굉장히 새로운 사람이라고 생각해요. 저는 능동적인 사람이라고는 할 수 없거든요. 그런데 질문자님께서는 이런 기획, 너는 눈꺼풀이고 너는 날개뼈야. 너는 머리카락이야. 그렇게 지정해 주고 이야기를 들어 보는 것 자체가 전부 이상한 일이잖아요. 저는 보지 못한 이상함이에요. 무척 좋은 거라고 생각해요. 저 같은 경우에는 항상 망설이기만 하고 움직이지 않는데 질문자님은 움직이는 사람이라는 생각이 들어요. 그래서 지금 제 앞에 계신 분은 저보다 훨씬 많은 걸 해낼 것 같은 사람이라는 생각이 들어요. 가능성이 많을 것 같은 사람. 저는 제 앞에 있는 분을 그렇게 말하고 싶어요.

◆◆◆

왼쪽 눈꺼풀과의 만남은 경산의 한 카페에서 이루어졌다. 우리가 앉은 자리는 커다란 창문 바로 앞이었다. 창밖에는 나무가 있었는데, 바람이 불어 나뭇가지와 나뭇잎이 부드러운 털을 가진 솔빗처럼 흔들리는 모습이 보였다. 당시 그는 첫 시집을 출간하기 직전이라 무척 바빴음에도(추측) 불구하고 인터뷰에 흔쾌히 응해 주었다. 인터뷰는 35분여간 지속되었고 그는 인터뷰 내내 웃는 얼굴이었다. 그는 기쁨과 사랑으로 가득 찬 사람처럼 보였다.

머리카락과의 이야기

꽃다발	**수염을 만들기 위해서라는 이유 말고 다른 것 때문에 뽑힌 적은 없나요? 반장 선거라든가.**
머리카락	반장으로 뽑힌 적은 없는데, 중학교 때였나. 친구들이 쉬는 시간마다 새치를 하나씩 뽑아준 적은 있었어요. 그게 좋았어요. 새치 하나당 10원으로 쳐서, 엎드려 있으면 애들이 와서 하나씩 뽑아 줬죠. 저는 10원씩 주고.
꽃다발	**10원짜리를 들고 다니는 편이신가 봐요.**
머리카락	아뇨. 보통 100원짜리로 쳤어요. 10개 뽑으면 100원이니까요.
꽃다발	**개당 10원이면 단가가 좀 센데요.**
털 동물	*나도 뽑고 싶다.*

□

머리카락	아까 제가 머리를 안 말린다고 했잖아

요. 샴푸하고 바로 욕실에서 나가는 경우도 많거든요. 그럼 저는 깨져요. 그게 신기했어요. 전 깨질 때 너무 재밌는데, 머리카락이라는 게 깨진다는 생각을 우리가 잘 안 하니까요. 몸이 움직일 때도 머리카락은 휘날리는 존재지 깨지는 존재는 아니잖아요. 부서지거나 끊기거나 할 수는 있지만 얼어서 깨진다. 그게 웃겨요.

꽃다발　　그러네요. 망치로 내리쳐도 머리카락이 깨질 수는 없으니까요.

머리카락　　정말로요. 여담이지만 제 스타일의 변천사가 진짜 재밌어요. 저는 주기적으로 머리를 바꾸거든요. 우선 저는 씀씀이가 거의 없는 사람이에요. 옛날에는 부모님이 사주는 옷만 입었고 지금은 아내분이 사주시는 옷만 입어요. 책, 게임, 영화, 연극… 그런 거 말고는 돈을 잘 안 써요. 패션이나 피부 같은 것에요. 특히 피부는 아무것도 안 발라도 원체 좋아요. 이제는 발라야 하지만요. 그런데 저는 머리를 거의 매 분기마다 완전히 다르게 바꿔요. 사람들이 다 알아볼 수 있게. 그래서 동료들이나 다른 직업군의 사람들이 가끔씩 저를 볼 때마다 머리를 어떻게 바꿔 왔을까 기대하게끔. 저는 문예창작학과가 있는 고등학교에 다녀서 문예창작학과 교지 편집부의 부원이었어요. 동아리 활동으로요. 그렇게 대단한 건 아니었지만요. 아무튼 2학년 때 3학년 선배들이 졸업한다고 해서 저희가 케이크도 사고 하면서 축하해 주는 자리가 있었거든요. 친구들이 갑자기 선배들에게 잊지 못할 이벤트를 만들어 주자고 하는 거예요. 어떻게? 삭발식을 하자. 누가? 네가. 전 장난인 줄 알았어요. 친구들이 바리캉을 들고 오기 전까지는요. 삭발식이 있겠습니다. 하더니 머리 중앙을 쭉 밀어 버리더군요. 제가 따돌림이나 괴롭힘을 당한 건 아니었고요. 단지 저는 웃긴 애였거든요. 애들이 쟤는 웃기니까 이해해 줄 거라고 그렇게 생각했던 것 같아요. 전 좋았어요. 헤어스타일을 또 급격하게 바꿀 수 있다고 생각해서.

그때랑 군대 훈련소를 다녀올 때 딱 두 번 삭발을 해봤어요. 삭발 자체를 하고 싶진 않았거든요. 왜 하기 싫었을까요?

꽃다발 __추워서?__

머리카락 그것도 있는 것 같아요.

털 동물 *저는 머리를 감는 건 일종의 치유라고 생각해요. 그런데 삭발을 하면 더 이상 머리를 감을 수 없잖아요. 그래서 그런 게 아닐까요?*

머리카락 아, 정말 맞는 말 같아요. 아침에 일어나서 머리를 감아야 잠이 깨거든요. 삭발을 하면 벗은 느낌이 들기도 하고. 저는 언제든 헤어스타일을 바꾸면 그것만으로도 내 모습이 달라지는 게 좋아요. 삭발을 한번 해버리면 머리카락이 어느 정도 자랄 때까지 제가 결정할 수 있는 게 달리 없잖아요. 언제나 판단하고 결정 내리는 게 재밌는데, 머리카락이 저한테는 그렇게 할 수 있는 어떤…

꽃다발	**소재?**
머리카락	소재요. 많은 소재가 되어주는데 삭발을 해버리면 그러기가 좀 힘들어지는 것 같아요. 그런데 이제는 만나지도 않는, 그때도 별로 친하지 않았던 선배들이 졸업한다고 삭발을 해버린 기억이 있네요. 그들이 졸업하는 게 뭐가 대수라고 그랬을까요? 제가 잘려 나가는 걸 보면서 그들은 너무나 좋아했어요.
털 동물	*등가 교환이네요. 나의 머리 감는 재미와 상대의 순간적인 재미. 저 같아도 재미있을 것 같긴 해요.*
머리카락	제가 군대를 결혼하고 몇 개월 안 돼서 가게 된 거예요. 아내도 있는데 군대에 가게 되어서 제가 그때 상태가 많이 안 좋았어요. 너무 우울하고. 그때 잠깐 그린캠프에 갔는데 거기서 현역 부적격 심사를 했어요. 부적격 판정을 받으면 공익으로 나갈 수 있고요. 재미있는 게 저는 현재 가톨릭식으로 식전 식후 기도

를 하거든요. 사람들이 다 제가 가톨릭을 믿는 줄 아는데 저는 성당을 전혀 안 가요. 고등학생 때 선생님들이 권유해서 세례를 받기는 했는데 가톨릭을 믿지는 않았어요. 그런데 군대 때는 일요일마다 종교 행사를 가요. 제가 그때 성당에 들어가서 신이 있는지는 모르겠지만 지금 나를 여기 군대에서 나가게 해주면 종교를 믿지는 않겠지만 평생 식전 식후 기도를 하겠다고 빌었어요. 그런데 성당을 나가자마자 연락이 온 거예요. 혹시 공익으로 나갈 생각 있냐고. 그래서 이건 평생 해야겠다고 마음먹어서 그때부터 지금까지 단 한 번도 빼먹지 않고 식전 식후 기도를 하고 있어요.

털 동물   *신도 기분 좋겠다.*

머리카락   최근에 생각한 것 중 하나는 시라는 장르가 기도문과 같을 수 있겠다는 거예요. 소원을 성취하기 위한 기도문이 아니라 서로가 무엇을 바라는지를 다 같이 공유하는 기도문이요. 누군가를 위한 바람들을 써놓는 것으로서 시가 존재한다면 좋을 수도 있겠다고 생각했어요. 우리는 이제 문화가 아무짝에도 쓸모없고 세상은 바뀌지 않는다는 염세적인 태도를 가지게 되는데 사실 어떤 기도는 바라는 것을 실제로 바꾸잖아요. 신의 힘으로 바뀐다기보다는 니즈들이 있고 마음들이 있으니까요. 그렇게 생각했을 때 기도가 중요한 것 같아요. 제가 군대에서 나가기 일주일 전에, 일주일만 있으면 나갈 텐데 그런 캠프에서 제 머리까지 밀어버리는 거예요. 군대는 머리를 계속 밀어야 하잖아요. 그런데 저는 '물론 나갈지 안 나갈지 확실하진 않아도 나갈 가능성이 있는데 지금 민다고?'라고 생각했죠. 나가도 빡빡이로 다녀야 되잖아요. 그런 충격적인 경험도 있네요.

머리카락 실은 빡빡 깎은 적이 한번 더 있었어요. 엄청난 기억이에요. 제가 인도에 갔을 때, 마나로쯤에서 드레드 머리를 하는 미용실을 발견한 거예요. 한국인들이 거기서 머리를 하고 '여기 잘해요.' 같은

편지를 써뒀더라고요. 드레드 머리를 한
국에서 하려면 몇십만 원 하잖아요. 거
긴 3만 원인 거예요. 해야겠다 싶었어요.
저는 원래 미용실에서 시술을 받을 때
눈을 감고 있기 때문에 그때도 눈을 감
고 있었어요. 그런데 저한테 뭔가를 바
르는 거예요. 헤어 본드래요. 순간접착
제인 거죠. 그러고 나가니까, 그 머리를
하기 전에는 인도인들이 저한테 아무도
말을 걸지 않았거든요. 그런데 머리를
하고 나서는 "브라더, 셀피," 이러더니
"마약?" 하고 물어보는 거예요. 머리카락
만 보고요. 다른 관광객들도 저를 계속
찍었어요.

머리카락 인도가 어디 이동할 때 진짜 오래 걸려
요. 비포장도로고 먼지도 많고. 고행길
이에요. 저희 일행은 작은 버스를 타고
25시간 걸려서 길도 없는 곳을 달려야
했어요. 저는 그 전날에 잠을 못 잔 상태
였어요. 버스에 누울 때부터 알았어요.
머리에 바른 게 본드니까 휘어지거나 구
부러지는 게 아니고 뚝 꺾여버려요. 누

울 수가 없죠. 그래서 일어난 상태로 버스를 타고 가는데 머리를 어디 놓을 수도 없는 거예요. 아파서요. 아픈 걸 어떻게든 참고 흔들리면서 갔어요. 국경에 가면 주마다 검문소가 있어요. 저희도 엄청나게 높고 공기가 희박한 어떤 검문소에 다다랐어요. 그 뒤로도 15시간은 더 가야 한다고 생각하니 앞길이 막막했죠. 저는 더 이상은 안 되겠다고 생각해서, 검문소에 가서 가위가 있냐고 물었어요. 못 주겠대요. 여기는 검문소고 가위는 무기니까요. 해명을 했죠. 내가 머리 때문에 죽을 것 같다고 제발 부탁한다고 했더니, 혹시 아세요? 고개를 갸우뚱갸우뚱 흔드는 인도인 특유의 제스처요. 그게 알겠다도 아니고 싫다도 아니에요. 그건 인도인들만 아는 제스처거든요. 주겠다는 건지 말겠다는 건지 싫었어요. 결과적으로 안 줬지만요.

결국 20시간 넘게 더 가서 저녁 10시쯤 어떤 마을에 도착했고 전 죽을 것 같았죠. 잠도 거의 못 자고 너무 흔들려서요. 사실 모두가 지친 상태였어요. 그곳은 고산지대여서 고산증에 걸릴 수도 있기 때문에 빨리 쉬어야 했고요. 사람이 많이 안 사는 동네라서 가게들도 다 닫혀 있었어요. 그 와중에 모든 호텔과 모든 식당을 돌아다니면서 가위 좀 달라고 부탁해서 겨우 가위를 빌렸어요. 녹슨 가위였어요. 드레드 머리를 한 지 이틀도 지나지 않아 머리를 자르게 됐죠. 하나씩 자르는데 가위가 안 드는 거예요. 가위는 녹슬었고, 머리에는 순간접착제가 발려 있다 보니까. 전부 자르는 데 35분인가 40분 정도 걸렸던 것 같아요. 고산지대의 아무도 없는 더러운 호텔 로비, 어떤 거울 앞에서 그걸 다 하나씩 잘라냈어요. 그것들이 하나씩 떨어져 나갔죠. 그때 너무 아팠어요. 머리가 뽑혀 나가면서 잘렸거든요. 다 자르고 나니까 또 삭발한 꼴이었죠.

그날 너무나 가뿐하게 머리를 눕혀서 잤어요. 말하고 보니 이 기억을 잊어버리고 싶지는 않네요. 이야기할 때마다 너무 재미있는 일이라서요. 생각해 보면 어떤 기억도 잊어버리고 싶지 않은 것 같아요. 고통스러웠던 기억이라면 있지만 잊고 싶진 않아요. 특히 저는 시인이니까 잊어버리기 싫은 기억들로 구성되어 있다고 할 수도 있겠네요. 그리고 방금 잘린 머리카락이 입에 들어갔어요.

털 동물   몇 달 전까지 애인이랑 고양이를 키웠어요. 길에서 막 데려왔으니까 수술을 해야 했죠. 고양이를 병원까지 데려가서 수면 마취를 시키고 털을 다 밀었는데 의사 선생님이 보시더니 이미 수술이 되어 있는 상태라고 하시더라고요. 고양이는 눈 뜨니까 그냥 털만 밀려 있는 거죠. 갑자기 삭발을 하게 된 작가님처럼요.

꽃다발   **머리카락 씨의 고양이는 어떤가요?**

머리카락   가끔은 그런 생각이 들어요. '밖에서 사는 게 더 좋을 수도 있지 않을까. 집이 갑갑하진 않을까.'라는 생각이요. 아무리 고양이가 영역 동물이라고 해도요. 한지는 저에게 완전히 타자니까 저는 한지의 생각을 알 수 없잖아요. 강아지였으면 산책이라도 시켜줄 수 있으니 해줄 수 있는 게 더 많았을 것 같고. 제가 해줄 수 있는 걸 상상해 봐도 떠오르지 않는다는 게 제일 무서워요. 고양이는 정말 그래요. 해줄 수 있는 게 낚싯대 흔들어 주고 간식 주기뿐이에요. 달리 없어요. 대부분의 사람들은 죽기 전에 종교를 믿거나 믿는 척하는 경우가 많잖아요. 사후 세계에서 먼저 죽은 가족들을 만나고 싶어서요. 예를 들면 이어령 선생님께서 돌아가시면서 당신은 딸을 만나기 위해 기독교를 믿는다고 한 것처럼 그런 마음이 뭔지 알 것 같다는 생각이 들었어요. 저는 영원 같은 말을 사용하는 것을 별로 좋아하지 않았거든요. 시를 쓰면서 내용을 얼버무리는 단어들을 되도록 사용하지 않으려고 많이 노력했어요. 그런데 고양이와 살면서는 이 애와 사후 세계에서 영원히 함께 낮잠을 자면 행복하겠다고 생각을 하게 되더라고요.

털 동물　　　*만약에 한지가 머리카락 씨를 사랑하지*

머리카락 당연하죠. 너무 귀여우니까요…. 아니다.
모르겠어요. 한지가 저를 사랑하지 않은
적이 없어서요. 제가 잊지 않고 간식을
준비하기만 해도 전 사랑받을 수 있죠.
저는 서로가 서로를 필요로 하고, 만났
을 때 기쁘고, 옆에 있을 때 안전하다고
느끼는 것이 사랑이라고 생각해요. 사랑
은 하는 사람마다 다른 거니까 이 생각
도 어떤 넓은 범주 속에 포함되는 것이
겠죠.

□

머리카락 제 아내는 원래 결혼할 생각이 전혀 없
었는데 제가 하자고 해서 저와 결혼하
게 된 케이스예요. 사귀고 있는 사이도
아니었어요. 알고 지내던 사이에서 어
느 날 제가 결혼을 해야겠다고 마음먹
고 3일 만에 혼인신고를 했어요. 결혼식
도 안 하고요. 저는 『에듀케이션』이라는
시집을 낼 때부터 자식이 있었으면 좋

겠다고 생각했었는데 아내랑 살다보니까 자식이 없어도 되겠다는 생각이 들어요. 왜냐하면 아내와 저는 상대를 자식처럼 소중한 사람으로 생각하거든요. 서로가 서로에게 계속 무언가를 해주고 싶어하는 동시에 서로를 타자로 인정할 수 있는 사이예요. 제가 원래 아이를 낳고 싶었던 이유는 아이가 자라서 떠난 뒤의 감정을 느끼고 싶었기 때문이에요. 제 첫 시집에서 생각했던 것도 그런 감정이었는데 그냥 결혼으로 충족되더군요. 그래서 딩크족으로 살기로 했죠. 고양이와도 함께 살아야겠다고 생각한 게 아니라 우연히 같이 살게 되었으니까 더 재밌고 풍족해지는 것 같아요.

☐

머리카락 전 주술도 무척 좋아해요. 과학과 다르잖아요. 종교와도 다르죠. 주술은 경험상 이러저러한 규칙대로 흘러가는 것 같다고 생각하면서 믿는 것, 종교가 되지 못한 일종의 미신이니까요. 과학은 사실에 기반하는 것이고, 종교는 내 경험대로 오래 해보니 '이게 아닌 것 같아, 이게 안 돼, 이건 절대자가 하는 건가 봐.' 같은 사고방식을 거치게 되는 것이고요. 종교와 과학이 서로 견제하는 걸 어릴 때부터 좋아했어요. 미신과 주술의 관계도요. 특히 주술을 정말 좋아했어요. 시를 쓰다 보면 우리는 유한한 생의 이후나 사물의 본질, 혹은 사물의 본질이 존재하지 않는다는 사실, 그런 것들을 중요하다고 이야기하죠. 나라는 머리카락은 뭔가를 감각하지는 못하지만 존재하듯이요. 우리는 머리카락이 신체를 위해서 존재하는 거라고 생각하지만 모든 진화가 그렇듯이 필요에 의해서 생겨난 것만은 아닐 거예요. 많은 실수들이 있고 우연들이 있고. 어쩌면 신체라는 것에 대한 잘못된 믿음 때문에 내가 이렇게 됐을 수도 있는 거고. 전 그런 실수가 좋아요. 이 실수가 엔트로피에서 무엇을 의미하는지도 궁금하고요. 물론 어떤 가능성 중의 하나라고만 얘기할 수 있겠지만요. 저는 어떤 가능성은 왜 우습고 어떤 가능성은 왜 슬픈지도 궁금해요. 슬픔이라는 감정은 엔트로피의 가능성 중 하나일 뿐인 걸까요? 그런데 어떻게 보면 슬픔이라는 감정은 내 신체의 화학적 반응에 불과하잖아요. 나라는 가능성은 도대체 왜 생긴 건지도 모르겠어요. 저는 종교에 대한 가능성은 별로 좋아하지 않아요. 그런데 저는 종교를 너무 좋아해요. 제 종교관은 종교가 있을 필요가 없다는 거고요. 제가 좋아하는 건 정확히 말해서 믿음인 거죠. 믿음이 중요하다고 생각해요. 그 믿음을 견제하고 의심하는 것도 중요하고요. 그리고 그런 이중적 사고를 항상 갖게 되는 것 자체가 재미있어요. 주술을 믿는 사람도 비가 오지 않는 상황에서 기우제를 한다고 무조건 비가 오리라고 믿는 건 아니라고 생각해요. 그렇다기보다는 '혹시 축제를 하면 비가 오지 않을까? 이때쯤 축제를 하면 비가 오던데, 아닐 수도 있고. 근데 맞을 수도 있고. 정성이 가득하면 뭔가가 들어줄 수도 있을 것 같고. 또 우리 정성 가지고 비가 오는 건 아닌 것 같기도 하고. 안 하자니 안 하는 것보다 하는 게 나은 것 같고…' 그런 생각을 하겠죠. 저는 그런 게 정말 좋아요.

⊟

꽃다발   **왜 머리카락을 선택하셨나요?**

머리카락   우선 저는 모든 알레고리 작업을 좋아해요. 지금 하시는 것처럼 신체 부위들을 인터뷰해서 하나로 합치는 구조가 굉장히 재미있다고 생각했어요. 그리고 전 기본적으로 인간이 아닌 화자를 좀 어려워해요. 그래서 제가 첫 시집을 쓸 때는 화장실이나 화장실이 붙인 별명인 '돌멩이'처럼 언어를 사용하지 못하는 화자를 즐겨 썼어요. 그런데 시간이 지나면서 화자에 대한 고민이 깊어지니까 오히려 공간이나 무생물 같은 것이 말하게 하는 게 더 어려워지더라고요. 이번 인터뷰도 어떻게 하면 문학적으로 충실히 할 수 있을지 고민하다 보니 머리카락을 고르게 됐어요. 이걸 읽는 사람들은 제가 머리카락이라는 화자를 상상해서 인터뷰 중이라는 걸 알고 있을 테죠. 그런데 이 인터뷰는 단순히 상상만 하는 게 아니라 상상하는 과정을 기록하고 있고, 인터뷰이가 상상을 하고 있다는 사실을 은근히 보여주니까 메타적인 재미도 있어요. 동시에 어떤 신체를 말하게 한다는 것이 나에게 그 신체 부위가 어떤 의미인지 다시 밝히는 일이기도 할 텐데 눈꺼풀은 애초에 보지 못하게 하는 거잖아요? 여러 가지 다른 용도도 있겠지만 저는 시각을 차단하는 용도가 가장 먼저 떠올랐어요. 그리고 머리카락 같은 경우, 아무것도 느낄 수 없어요. 두피는 감각이 있겠지만 머리카락 자체는 감각이 없죠. 그래서 그 두 개가 다른 신체 부위보다 더 어려워 보였어요. 저는 어려운 걸 하는 게 좋아요. 제가 언제나 시라는 장르를 선택하는 것 역시 시가 어렵기 때문이거든요.

꽃다발 **손톱도 그렇지 않나요? 손톱이 붙어 있는 부분에 고통이 있지 손톱 자체는 손톱을 깎**

는다고 해서 뭔가를 느끼지는 않잖아요. 머리카락처럼요.

머리카락   맞아요. 그런데 손톱의 경우에는 쥐가 생각나서요. 쥐가 손톱을 먹는 설화가 있잖아요. 손에 붙어 있으니까 하는 일도 많아서 손톱이 하는 일들을 자꾸만 생각하게 되고요. 하지만 머리카락은 완전히 통제 불가능하다는 느낌이 들어서 재미있어요.

꽃다발   **확실히 머리카락은 오로지 두피에 매달려 있는 것만 수행하는 존재기는 하네요.**

머리카락   그렇죠.

꽃다발   **달려 있는 것 자체도 자기 의지로 하고 있는 건지 잘 모르겠고요.**

머리카락   무용을 할 때를 생각해 봐도 머리카락을 움직이려면 다른 걸 움직여야 하잖아요. 또 어떤 무용수들은 머리카락을 다 깎기도 하죠. 몸을 더 보여주고 싶어서요. 몸

의 움직임을 보여주기 위해서 머리를 깎
는다는 것 자체가 머리카락을 몸이라고
생각하지 않는 건가? 아니면 몸의 움직
임을 방해하는 몸이라고 생각하는 건가?

◻

꽃다발　<u>마지막 질문입니다. 질문하고 있는 저는 누</u>
<u>구인가요?</u>

머리카락　꽃다발이요. 저를 축하해 주기 위해서
온. 제가 뭘 잘했는지는 모르겠지만요.
난 그냥 머리카락인데… 머리카락을 축
하한다는 거 웃기지 않아요? '축하해 머
리카락아.' '뭐… 뭘?' '글쎄 네가 한번
알아보지 않을래?' 그러면서 물어보는
거죠. '너 기억하는 게 있어? 너 아주 오
래된 기억이 있어?' '왜 물어보는 거야?'
'축하하기 위해서.' '그냥 네가 알아보지
그래?' '안 돼.' '왜?' '나의 역할은 답을
내는 것이 아니라 질문하는 것이니까.'

꽃다발　<u>옆에 있는 이 친구는요?</u>

머리카락 털 동물. 제가 좋아하는 김이듬의 '꽃다
발'이라는 시가 있어요. 거기에 털 달린
동물들이 다니라고 조성해 놓은 길이 나
와요. 거기를 걸어가는 거예요. 안전한
곳에서요. 우리 인터뷰 하는 동안 안전
한 기분이 들었죠?

털 동물 *진짜로 그랬어요.*

머리카락 털 동물 씨의 고양이 얘기 재미있었어요.
아니, 재밌지는 않죠. 슬퍼요. 누가 기르
다 버렸나 봐요. 아니면 주민 센터에서
어떻게 했거나.

털 동물 *버려진 애였어요. 중성화까지 시키고 버
리는 마음이란 뭘까요.*

머리카락 전부 감옥에 보내야 돼요…

◆◆◆

머리카락과의 만남은 그가 상주한다는 서울의 한 논비건(추정) 카페에서 이루어졌다. 그와의 인터뷰에서는 이례적으로 두 명의 인터뷰어가 존재했는데, 이는 내가 머리카락의 시를 무척 좋아하는 털 동물을 두고 갈 수 없었기 때문이다. 다만 털 동물과의 대화는 본지의 흐름에 맞지 않아 오프 더 레코드에 싣게 되었다. 그가 인터뷰 말미에 언급한 김이듬의 시 「꽃다발」은 시집 『말할 수 없는 애인』에서 찾아볼 수 있다. 그는 무척 유쾌한 머리카락이었고, 좋은 의미로 아주 이상해 보였다.

붙어 있는 손톱과의 이야기

잘려나간 손톱   이빨은 잘 소화됐을까요?[본지 43쪽 참조]

붙어있는 손톱   그건 모르겠네요.

잘려나간 손톱   이빨은 콜라 속에 넣어도 소화되잖아요. 아마 위산에 잘 녹았을 거예요.

붙어있는 손톱   무슨 땅콩같이 그렇게 삼켰어요.

◻︎

잘려나간 손톱   손톱이 무척 짧으시네요.

붙어있는 손톱   손톱을 진짜 자주 깎아요. 거의 매일.

잘려나간 손톱   몸이 길어지는 걸 싫어하는 건가요? 저는 어렸을 때부터 키가 큰 편에 속했는데, 초등학교 때 160cm를 넘겼던 기억이 나요. 지금은 키가 173cm에서 멈췄어요. 저는 항상 180cm 정도까지는 크고 싶다고 생각했기 때문에 7cm가 좀 아쉬워요.

붙어있는 손톱   멋있다.

잘려나간 손톱 <u>붙어 있는 손톱 씨는 키가 더 자라고 싶다
거나 줄어들고 싶다거나 하지는 않나요?</u>

붙어 있는 손톱 저는 큰 것을 싫어해요. 모든 것에 대해
서 그래요. 큰 건물 같은 건 그래도 조금
괜찮은데 자유의 여신상이나 잠실에 있
는… 잠실 롯데월드에 있는 아주 큰 너
구리 동상 아세요? 건물만 한 조형물인
데 어머니 말씀으로는 제가 어렸을 때도
그 밑을 지나가면 그렇게 울었대요. 거
대한 것이 나를 해칠 것 같다는 생각이
자꾸 들어요. 커다란 것에게 공포가 있
어요. 그래서 작은 걸 좋아해요. 현미경
보는 것도 좋아하고요. 작으면 작을수록
저는 더 매력을 느끼는 경향이 있어요.
커지는 것을 잘라내고 싶어하고요.

잘려나간 손톱 <u>그래서 작은 공포(소공포)인가요?</u>

붙어 있는 손톱 그럴 수도 있겠네요.

□

잘려나간 손톱	<u>겨울 이불 같은 것도 따로 없으세요?</u>
붙어 있는 손톱	네. 이불 하나로 사시사철...
잘려나간 손톱	<u>그런데 옷은 오버 사이즈고요.</u>
붙어 있는 손톱	제가 또 맨살이 노출되는 걸 굉장히 싫어해요. 그래서 여름이 싫어요.

—

잘려나간 손톱	<u>쥐가 손톱을 먹고 사람이 되는 설화가 있잖아요. 쥐에게 잡아먹힐까 봐 걱정하신 적은 없는지 궁금해요.</u>
붙어 있는 손톱	저는 오히려 좋아요. 나 같은 비슷한 인간이 생겨난다면 나 혼자 짊어지고 있던 무게를 그 친구가 좀 덜어주지 않을까 싶어서 환영해 줄 것 같아요.

—

잘려나간 손톱	<u>손톱 씨를 누군가 꼭 안아준다면 어떤 기분</u>

이 들 것 같으세요?

붙어있는손톱　튕겨 나가고 싶을 것 같아요. 그 상황에
서 벗어나기 위해.

▭

잘려나간손톱　<u>영화를 자주 보시나요?</u>

붙어있는손톱　가끔 봐요.

잘려나간손톱　<u>공포 영화도 좋아하세요?</u>

붙어있는손톱　그런 것 같아요. 저는 공포라는 개념
자체에 관심이 많아요. 공포를 어떻게
표현하는지가 아주 중요한 문제라고
생각하거든요. 거기에 어떤 윤리적인
문제가 있을 수도 있죠. 단순히 정상
적이지 않은, 비정상의 상태를 공포라
고 만들어 놓은 것들도 있잖아요. 그
런 게 싫어요. 공포는 조금 더 섬세해
야 해요. 지금 사람들이 공포라고 생
각하는 것들이 얼마나 이상하고 편협

한가, 그런 생각을 많이 해요. 진짜 공포는 따로 있다고 믿으면서 공포에 대한 탐구를 해보려고 공포 영화도 많이 보게 되죠.

잘려나간 손톱 좋아하는 공포 영화 하나를 소개해 주세요.

붙어 있는 손톱 《서스페리아》

잘려나간 손톱 1977년 작품인가요, 2018년 작품인가요?

붙어 있는 손톱 최근 작품이요. 보셨어요?

잘려나간 손톱 최근 것은 못 봤고 1977년 작품을 보다 말았어요. 한 여자가 낙사하면서 피를 쏟는 장면에서 멈췄는데, 가짜 피를 보고 파프리카 색소로 만든 것 같다고 생각했어요. 최근 작품은 무척 정교한 작품 같더라고요.

붙어 있는 손톱 옛날 작품과 완전히 달라요. 좋은 지점이 많은데 사실 그 영화는 완벽히 이해하려면 어느 정도 배경지식이 있어야 해요. 생각을 많이 하고 봐야 하는 영화 같기도 하고요. 그 영화에서 갈고리 같은 걸로 몸을 찍어서 질질 끌고 가는 장면이 나오는데, 그 이미지 자체가 정말 끔찍하잖아요. 직접 겪지 않아도 간접적으로 감각하게 되니까요. 몸이 뭐길래 이런 기분을 느껴야 하는 건지. 몸이 없다면 끔찍하지 않을 텐데 말이에요. 내가 하필 몸이 있어서 그런 이미지를 보면 마치 살을 파고드는 것 같은 서늘한 공포를 느낀다니. 전 그런 게 진짜 공포 같아요.

붙어 있는 손톱 원작보다 훨씬 첨예하게 페미니즘적인 메세지를 담은 것도 재미있었어요. 감독님이 영화를 만들 때 공포라는 장르를 어떻게 보여줄 것인지 많이 고민하신 것 같더라고요. 춤추는 장면을 보면 몸이라는 것 자체에 굉장한 아름다움을 느끼게 되거든요. 한 군데도 손상되지 않은 완전한 몸들이 움직이는 것을 보여주다가 다음 장면에서는 몸들이 완전히 무너지는, 신체에 구멍이 뚫리고 부서지고 하는 훼손 과정을 보여줘요. 충격적이었어요. 영화가 끝나갈 때쯤에는 이상한 의식 장면도 나오는데 그중 화면 전체가 빨갛게 변해서 마치 다른 세계를 촬영하는 것 같은 장면이 있어요. 비주얼적으로 빨려드는 공포였죠.

☐

잘려나간 손톱   <u>마지막 질문입니다. 저는 누구인가요?</u>

붙어있는 손톱   잘려 나간 손톱.

잘려나간 손톱   <u>저희는 잘려 나간 손톱 동지인가요, 아니면 한쪽은 붙어 있는 상태인가요?</u>

붙어있는 손톱   한쪽은 붙어 있는 상태예요.

잘려나간 손톱   <u>좋아요. 알겠습니다.</u>

✦✦✦

붙어 있는 손톱과의 만남은 사람들로 가득 찬 스타벅스에서
이루어졌다. 근처의 조용한 공간을 찾지 못해 불가피한 선택
이었다. 그는 밝지 않은 색의 오버 사이즈 재킷을 입고 있었
다. 품이 넉넉한 옷을 입은 사람답지 않게 간결해 보였다. 인
터뷰는 손톱깎이로 손톱을 깎듯 짧게 끝났다. 밖으로 나가니
겨울이었고 잠깐 눈이 내렸던 것도 같다. 우리는 한 비건 식당
에서 저녁을 먹었다. (그때 먹은 무사카 맛이 잊히지 않아 나
는 종종 무사카를 만들어 먹는 사람이 되었다. 물론 내가 먹었
던 그 맛은 나지 않는다.) 붙어 있는 손톱은 정말이지 손톱다
운 손톱이었다.

오른쪽 날개뼈와의 이야기

신문하는 주재자 <u>날개가 되고 싶다고 생각해 본 적이 있나요.</u>

오른쪽 날개뼈 저는 날개뼈인 제가 좋아요. 날개를 생각할 여지가 있다는 점에서요. 발이라든가 무릎 같은 존재들은 그럴 구실이 없잖아요. 동시에 전 날개가 없는 날개뼈니까 날개에 대해서 늘 생각하고 있죠. 날개가 없기 때문에 더더욱 내일은 날개가 생길 거라고 믿게 돼요. 그렇게 생각해야 살 수 있기도 하죠. 그런 에너지가 없으면 살아가기 힘드니까요. 뭔가를 꿈꾼다는 건 결말을 알고 나면 허무하다고 생각할 수도 있지만, 전 어떻게 보면 결말을 알기 때문에 더 열심히 꿈꿀 수도 있는 거라고 생각해요.

신문하는 주재자 <u>그럼 날개가 생긴다면요?</u>

오른쪽 날개뼈 날개가 생겨도 날고 싶을 것 같지는 않네요. 여러 가지 삶의 태도로 봤을 때 저는 날고 싶어 하는 스타일이 아니에요. 과하고 부담스럽달까요. 날개가 있다면 늘 단장하고 쓰다듬을 것 같아요. 윤기

나는 날개를 등 뒤에 접어놓기 위해서요.

□

신문하는 주재자   <u>마지막 질문입니다. 질문하고 있는 저는 누</u>
                            <u>구인가요?</u>

오른쪽 날개뼈   갑자기 그 질문을 받으니까 소름 끼치네
                   요. 공포 영화의 한 장면 같아요. 이렇게
                   오랫동안 대화해 왔는데 갑자기 '내가
                   누군지는 알고 있어?'라고 물으니까요.
                   존재를 알리지 않고 지령을 내리는 존
                   재 같기도 하고, 신문받는 느낌이 들기
                   도 해요. 조명이 그런 분위기를 더하네
                   요. 형광등을 별로 좋아하지 않아서 방
                   에 백열등을 켜뒀거든요. 노란 조명이에
                   요. 그 덕에 마치 신문하기 위한 지하실
                   같은 분위기가 나고, (지금 여기가 반지
                   하긴 해요.) 보통 이런 곳에서 신문을 받
                   을 때는 상대방은 나를 볼 수 있지만 나
                   는 상대방을 볼 수 없잖아요. 지금 제가
                   보고 있는 화면에는 사람을 나타내는 동
                   그랗고 검은 그림만 그려져 있는데 약간

무섭네요. 나를 볼 수 있지만 나는 볼 수 없는 존재가 차례차례 질문을 던진다는 사실이 정말로 신문받는 느낌이에요.

신문하는 주재자 여기도 노란색 불빛이 켜져 있긴 해요. 제가 카메라를 켤 수 없는 이유는 집주인도 함께 있기 때문인데… 집주인이 방금 상관없다고 하네요. 다 끝났지만요.

오른쪽 날개뼈 심지어 거기 한 명 이상의 사람이 있지 않나요?

신문하는 주재자 네. 맞아요.

오른쪽 날개뼈 그렇게 드러나지 않는 존재까지 아주 완벽한 신문 장소네요. 보통 신문이라는 건 여러 사람이 한 사람을 아주 골려 놓는 시스템이잖아요. 뒤에 있는 사람이 목소리도 들리지 않는 채로 앞에 있는 목소리에게 지령을 내리고요. 특정한 질문을 해봐라는 식으로요.

★★★

오른쪽 날개뼈와의 만남은 일정 조율이 어려워 불가피하게 화상 채팅을 통해 이루어졌다. 나는 개인적으로 그의 시집을 무척 좋아하는데, 그의 시들은 섬세하고 부드럽다고 생각하기 때문이다. 반면 오른쪽 날개뼈는 뼈라는 특성답게 단단하고 강건해 보였다. 나는 당시 같은 방을 쓰고 있던 이가 곁에 있어서 카메라를 켜지 않았다. 때문에 오른쪽 날개뼈 혼자 카메라를 켠 채 인터뷰를 진행하게 되었는데, 늦은 밤에 얼굴도 비추지 않고 이것저것 질문을 던지니 그의 말처럼 신문과 유사한 상황이 되었다. 물론 함께 있던 이가 나에게 특별히 지령 같은 것을 내린 일은 없다. (그러한 분위기 때문인지는 몰라도) 그는 무척이나 충실하게 답변해 주었다. 그와 더 많은 대화를 나누지 못해 아쉽다.

인터뷰이 소개

고명재 • 왼쪽 눈꺼풀

책 읽는 걸 좋아요. 동묘
처럼 엉뚱하게 뒤섞인 곳을
좋아합니다. 귤과 불상, 우
동 그릇과 붓을 함께 파는
가게를 좋아합니다. 쾌청한
날 초콜릿 먹는 것을 좋아합
니다. 시 쓰고 소설 읽는 날
을 가장 좋아합니다.

김승일 • 머리카락

2009년 『현대문학』으로
등단하며 작품 활동을 시
작했다. 시집 『에듀케이
션』, 『여기까지 인용하세
요』, 『항상 조금 추운 극
장』, 산문집 『7월의 책: 시
간과 김승일』 등을 펴냈다.
Completecollection.org에
글을 게시하고 있다.

배시은 • 붙어 있는 손톱

2017년 시 「것 같다」를 발
표하며 작품 활동을 시작했
다. 시집 『소공포』를 썼다.

이원석 • 오른쪽 날개뼈

윤이 나는 검은 깃털의
왼쪽 날개, 그리고 피와 살
이 마르는 오른쪽 날개뼈
끝없이 기울어지는 어두운
비행과 앙상한 정당성
내민 손과 잘린 팔
가꿈과 개꿈
기분과 깃
것과 겉
속에

혐오 가능한 인종

ⓒ고명재, 권지미, 김계피, 김승일, 배시온, 백은선, 신주연, 예미, 오의찬, 이나리, 이원석, 정지돈, 하람

초판 2024년 3월 31일
개정판 2024년 4월 17일
개정증보판 2024년 11월 12일

펴낸곳 | 속에
기획 | 김민혁
편집 | 김민혁 최서영
디자인 | 김민혁 유진아 최서영
사진 | anna
발행처 | 인디펍
발행인 | 민승원
출판등록 | 2019년 01월 28일 제2019-8호
전자우편 | cs@indiepub.kr
대표전화 | 070-8848-8004   팩스 | 0303-3444-7982

정가 15,000원
ISBN 979-11-6756627-0 (03810)

트위터 | @sogaetmal   인스타그램 | @sogaetmal
전자우편 | todaeproject@gmail.com